U0453612

飞扬

飞扬·青春校园记忆美文精选

比天空还远的季节

省登宇 主编

国际文化出版公司
·北京·

图书在版编目（CIP）数据

比天空还远的季节 / 省登宇主编．－北京：国际文化出版公司，2012.6（2024.5 重印）
（飞扬·青春校园记忆美文精选）
ISBN 978-7-5125-0354-0

I. ①比…　II. ①省…　III. ①散文集－中国－当代②短篇小说－小说集－中国－当代　IV. ① I217.1

中国版本图书馆 CIP 数据核字（2012）第 065403 号

飞扬·青春校园记忆美文精选·比天空还远的季节

主　　编　省登宇
责任编辑　郑湫璐
统筹监制　葛宏峰　李典泰
策划编辑　何亚娟　刘露芳
美术编辑　刘洁羽　王振斌
出版发行　国际文化出版公司
经　　销　国文润华文化传媒（北京）有限责任公司
印　　刷　三河市同力彩印有限公司
开　　本　700毫米×1000毫米　16开
　　　　　　10.75印张　144千字
版　　次　2012年6月第1版
　　　　　　2024年5月第2次印刷
书　　号　ISBN 978-7-5125-0354-0
定　　价　39.80 元

国际文化出版公司
北京市朝阳区东土城路乙9号　邮编：100013
总编室：（010）64270995　传真：（010）64270995
销售热线：（010）64271187
传真：（010）84271187-800
E-mail：icpc@95777.sina.net

第1章 青涩年华

第2章 阡陌红尘

第3章 疼痛青春

第 1 章

青涩年华

没有王子来找她，灰姑娘是不可能变成公主的

草草世家

◎文 / 刘玥

一

阿薰是我们班这个学期才转来的插班生。她实在是个很漂亮的女孩子，瓜子脸，冰雪般的皮肤，双瞳剪水的微笑，温存却含一丝狡黠，还有她飘逸而毫无修饰的短发和额前的刘海，无不昭示她是个标准美女。当她在我身边坐下，并且笑容可掬地自我介绍说“我爸爸是我们学校里的体育老师，我妈妈也是我们学校的体育老师”的时候，我就知道摆在我眼前的将是一条漫长坎坷而崎岖的道路——本人的体育成绩有史以来都在及格线上下游移，因此我便恨乌及乌地恨上了一切体育运动，尤其讨厌球类（原因是，十一年前某个风和日丽的午后被一只呼啸而来的排球不幸击中头部，尽管肉体并未受伤，但心灵受到重创，幼小的心从此蒙上阴影），无论是足球篮球排球还是地球……

而我亲爱的新同桌阿薰，在家庭影响之下，很自然地酷爱体育运动，尤其酷爱球类，她非常喜欢看足球，非常非常喜欢侃篮球，非常非常非常喜欢打排球。所以在她来到我们班的第二天下午，便千方百计地哄她爸（也就是我们的体育老师）让我们在体育课上打排球。奸计得逞后，她左顾右盼开始找正往卫生间方向逃逸的我，然后在卫生间门口把我堵住，一副想强暴人的样子。我可怜兮兮被阿薰拉着往排球场走，一边语无伦次地向阿薰解释我不会打排球，语气就跟刽子手说我不想上绞刑架一样。阿薰蛮横地说："我不管，月桂，这个班里我只认识你一个耶，总不能就这样跟大家不明不白地打球啊——我会害羞的。"我心里对阿薰会不会害羞十万分怀疑，不过安全起见，我可没敢把这怀疑说出来。

于是我就这样被阿薰拉到场中央，开始我平生第一次排球赛。可问题是，我对天上飞来的东西有着天生的恐惧感。所以当排球笔直地向我飞来时，爷爷啊，我吓得魂都没了，只担心它会不会砸坏我亲爱的小脑袋，哪里还管什么接不接球。因此我的第一反应不是伸手接球，而是用手抱住头闪到一边——那个排球便畅通无阻地落到了地上。阿薰大为光火："你到底会不会打球啊（我嗫嚅着对她说："我跟你说了N遍我不会打球啊……"被她的咿咿哇哇声盖了过去）？！月桂小姐，你得接球而不是往一边闪——那是排球又不是地雷（我嗫嚅着对她说："可是地雷不会从天上飞来啊……"又被她的咿咿哇哇声盖了过去），你怕什么啊？听着，再躲我可不饶你，要接球啊！"

因此当排球第二次冲我笔直地飞过来时，我克制住抱球狂奔的第一反应，撸起袖子决心大干一场。但是当球飞快地下降时我却有些晕眩了——球从这么高的地方落下来，势能转化为动能，冲量转化为动量，重力加速度9.8米每秒方再乘上球的质量啦，下坠时间啦，落在手上该有多痛啊——可又不能避开。于是排除第一反应后我的第二反应是——伸手接球——也就是一把将球抱在怀里。阿薰气得差点没当场吐血。

在阿薰的循循善诱下（也许说循循"恶"诱更恰当……），后来我终于接了一个飞得不甚高的球，也不知哪来的勇气和力量用手掌奋起一击，手心顿时痛得要命，不过值得欣慰的是，那个排球高高地飞了起来，飞过网，飞过踮起脚尖想垫球的荞麦，飞过跳起来够球的甘草，飞过蓝天，飞过白云（阿薰欣慰地对我点点头）——飞过边界（阿薰暴走）。

“你这个笨蛋！谁让你用手拍球啦，要用前臂垫球啊……”

可是一旦到了该垫球的时候，要用身体的哪一部位击球就实在由不得自己了。体育课结束的时候，我头痛肩膀痛上臂痛手指痛腰酸背痛腿抽筋，哪儿都痛，就除了前臂。但不管怎么说，比赛最后结果，我们仅仅以四分落后。这当然不是因为我有了什么进步（我唯一的进步就是敢伸手碰球了），而是因为对方有草莓那个力量型高手——每次草莓接到球，都会把全身力量会聚于双臂，孤注一掷气贯长虹地那么奋力一击，那个球“呼啦——”一下向后面飞去，飞过踮起脚尖想垫球的荞麦，飞过跳起来够球的甘草，飞过蓝天，飞过白云，飞过对面排球场的网，飞过对面排球场的边界，仍然余势未衰，百折不挠地向排水沟奔去……把所有人都看得目瞪口呆，以至阿薰居然莫名其妙却又欣慰地对我点点头（大概觉得我跟草莓比起来还颇有希望吧）……

打排球不过是一个序曲。正如我早已预见到的，摆在我眼前的乃是一条漫长坎坷而崎岖的道路。体育课上跑八百米，阿薰非要我紧跟着她的步伐。“八百米算什么？不过是 0.8 千米而已！0.8 千米都搞不定啊？”可是姑奶奶哎，在你眼里是 0.8 千米，在我眼里那可是 800000 毫米啊……

被阿薰拉去踢毽子。七八个人围成一圈，你一脚我一脚，一个翠绿色的鸡毛毽子在大家的脚尖上轻盈地来去——那当然是比较好的情况，假如那个毽子突发奇想要往我这边飞过来，那它就只能掉下去。我只能相信它是安了雷达的，一侦察到我的脚所在的位置就改变航向，要不怎么老是我踢东它飞西呢。我是彻底放弃了，只是阿薰仍旧不依不饶地在每节课后拉我去踢毽子，而且在我第一百次落了毽子后第一百零一次地把毽子发给我。终于有一天，我不知受了何方神圣指点，一脚踢出去竟飞出两只毽子——我把我的鞋子也给踢出去了。一大群人全都笑瘫在地上，阿薰险些没笑岔气。我满脸通红，在一片哄笑中单脚跳过去捡我的鞋子。从那以后“鞋”成了我们踢毽子时的流行词汇。每回我接毽子，阿薰都要喊声“鞋”，然后大家又都笑得不行。

阿薰要拖我去游泳。我已经出尽洋相，吸取教训，打死我也不跟阿薰乱来了，便连声推托。可阿薰的犟劲又上来了，还说什么既然已经教会我打排球踢毽子，当然也能教会我游泳。但问题是，我的游泳技术比不会游泳还糟啊——我抱着救生圈在水里不管怎么折腾怎么使劲划水，身体都义无反顾地向后退去。无论我是用牛顿经典力学还是用爱因斯坦相对论都解释不清楚为什么会这样。总之，抱定士可杀不可去游泳的信念就对了。没想到阿薰说：“哎，月桂呀，其实我也不指望你能学会游泳，让你跟我去其实是为了起一个陪衬作用，用你来衬托出我娇美的身材和柔软的舞姿——你别生气啦，这就是所谓的物尽其用嘛……”我当即把手里捏着的半根冰棍砸了过去。

二

如果还有什么人能在自恋和花痴方面超过阿薰的话，那就非草莓莫属了。仔细回想起来，似乎每次我在阿薰那个女魔头手上饱受折磨的时候，草莓总是陪伴在我的左右——她可不是来雪中送炭的，那丫头只会落井下石。

第一次见到草莓的时候以为她是个很安静内向的小女孩，皙白的皮肤使她看起来像一朵在过分阴凉处盛开的苍白花朵，不引人注目，更难以招蜂引蝶，却自有一种凛然端庄的气质。对于一个女孩而言，草莓实在算不上很漂亮。她个子很矮，而“矮”一不小心就会与“胖”联系在一起。草莓的矮与胖又称不上是特别矮特别胖，只是那种普通的又矮又胖。她的左额上有一块殷红的心形胎记（这也就是为什么我们管她叫草莓），使她显得有点特别。普通加上有点特别——借用一种流行说法——就是特别普通。

草莓的花痴和自恋本质在我与她同住一寝室同睡一床（她在上铺我在下铺）后得到更加充分的暴露。草莓喜欢对我的衣着发饰评头论足（“天哪，你都几岁啦？居然还带香蕉形的发夹！”“……拜托，那是月牙形的好不好！”），并且谆谆告诫我必须三天两头地换发型（“头发是女人的半张脸，知道吗？”），她甚至还热衷于趁我睡着时给我扎根朝天辫（“你知道‘待从头收拾旧山河，朝天阙’是什么意思吗？就是说改变形象应当从头开始，而改变发型就应该从扎朝天辫开始！”）。草莓还教我装淑女的诀窍：“你说话时必须把所有的‘我’换成‘人家’，每句话说完时都要加语气‘嘛’。比如你想说‘我渴了’，你不能直接说‘我渴了’，而应说‘人家渴了嘛’。再比如‘我不要’，就应当说成‘人家不要嘛’。而‘我要你送我’呢，则应该说成‘人家要你送人家一下下嘛——’……如此这般，不一而足。懂了吗？”

我听得大跌眼镜。原来装淑女有那么多学问啊。便问草莓：“我怎么从来不听你说人家呢？”

草莓眼睛一瞪，嘴一撇：“人家不用装就已经是淑女了嘛！”

怪就怪在草莓这样的窈窕淑女（尽管承认这一点的也只有她自己而已）却始终没有君子好逑，即便是到了校园鸳鸯处处漂的如今，草莓依然顽强地推行她的单身主义，理由有二，一曰“Simple is simple, double is trouble”，二曰“天下男人没有一个好东西”。草莓还是个疯狂的女权主义者，神经过敏得不行，一旦听到有男生胆敢嘲笑女生，她就非把对方教训得体无完肤不可。由此闹过这么一个笑话。某日草莓在走廊上听到邻班一个高个子白皮肤的男生在说什么“侏罗纪公园”，立马条件反射似的跳起来大声反驳“青草池塘处处蛙”，还没等那个倒霉男生反应过来，草莓就开始口若悬河地把学校小有名气的校草一个一个骂得狗血淋头。那个男生被唬得一愣一愣的，走又不是留又不是，尴尬得不行。甘草看不过，拉拉草莓说：“其实客观一点说的话，我们学校帅哥也不是没有。八班那个班长张天南就挺不错的……”

“甘草你别帮男生说话！哼，你不提张天南还好，一提我就气。张天南，帅哥？拉倒吧！不就个子高一点吗？不就是个小白脸吗？那也能叫帅？你也不看看他那张长满雀斑的脸！就算以青蛙的标准看……”

我一把捂住草莓的嘴：“拜托……站在你跟前的就是张天南耶……”

草莓当场傻掉，马上闭嘴，双眼无神地看了看她面前这个比她高了足足两个头还多的皮肤苍白的男生，脸越涨越红，呆了大约半分钟，嗫嚅地说了声“对不起”，掉头就往厕所狂奔。我和甘草帮草莓收拾残局，忙不迭地向张天南道歉。张天南隔了好半天才反应过来：“那个女生脾气好大呀！我刚刚只是在谈斯皮尔伯格的电影而已……”

草莓超级喜欢超级女声，她的床头贴满了超女的海报，边边角角写满了一大堆你可以想象出来的肉麻词汇。她每天晚上在寝室里大展歌喉，把流行歌唱得简直有清末遗风——通俗一点讲，就是唱流行歌用的是唱京剧的腔。那阵子甘草刚打了耳洞，成天龇牙咧嘴地叫个不停。聆听了草莓歌声的当晚，甘草忽然发现耳垂不怎么痛了，大赞草莓的歌声有保健耳朵的功效。后来一照镜子发现，不对，耳朵不疼是因为耳洞已经开始愈合——耳钉不见了！从此以后甘草对草莓歌声的评价变成：“把我的耳钉吓到哪里都不知道了！”

但是草莓仍然不依不饶地为她的超级女声梦努力着。她用“我的未来不是梦”来还击我们“你不会有好结果”的表情，用“Don’t Stop”勇敢地迎接奚落和嘲笑直到我们咬牙切齿地回答“算你狠”。就这样过了半个学期，学生会文娱部开始组织一年一度的“校园十佳歌手大赛”，草莓二话不说报了名。

草莓选了首《想唱就唱》。比赛前的那些天草莓几乎是发了狠地练唱，仅仅为了找到合适的伴奏带就跑了六家音像店。她甚至还在就寝检查完毕后（那已是深夜十点半了）偷偷溜到阳台上压低嗓门唱歌。她为那首歌精心安排了每个细节，自己设计出一系列舞蹈动作配合音乐。为了锻炼胆量，比赛前的那天晚上她请我们做观众，然后爬到床上唱歌。那晚她唱得实在太好了。尤其是高潮部分，她唱得是那样动情，仿佛歌声是从她的心里传出来的。连甘草都不得不说："灰姑娘马上要变公主了！"

可是没有王子来找她，灰姑娘是不可能变成公主的。而我们的灰姑娘，也就是草莓，甚至没有哪怕一只漂亮舞鞋可以留给王子。没有富丽的马车，华贵的礼服以及水晶舞鞋，辛德瑞拉就永远都只是灰姑娘。

比赛那天草莓花了很多精力打扮自己。她修剪了眉毛，在脸上淡淡地涂了层粉，然后小心地拢起刘海，遮掉了左眼和左额上的胎记。因为胖，她不敢穿裙子，只穿了一件纯白的 Converse T 恤和不会显露曲线的深色长裤。为了使自己看起来高一些，她甚至穿了一双高跟鞋。

主持比赛的不是别人，正是张天南，还有另一个漂亮女生。那天张天南穿着白衬衫和棕黑长裤，还打了暗红色的领结，有一种说不出的英挺气质。草莓在比赛开始前一小时就已忐忑不安，但一看到张天南，立即安静下来。她一动不动地凝视着他，站在她身边几乎能听到她的心跳。然后，我们听见张天南用轻柔的声音说："由于本次比赛报名同学众多，而比赛时间有限，因此在第一轮比赛中，每位选手都只有两分钟。请选手们注意把握时间。下面比赛开始，首先有请高一（1）班的选手……"

每位选手只能唱两分钟。可谁也不知道这个两分钟是怎样定义的。至少，我们看到的，是那些与文娱部成员认识的选手都提前上台了，而且一唱就是三四分钟。高一有十七个班，因而轮到高二时，礼堂外的天色已暗了下来。文娱部干事不得不一再把时间缩短。终于轮到草莓。这时舞台下除了评委，观众已所剩无几，那些评委们也都一个个昏昏欲睡的样子。草莓登上舞台时，除了我们，没有人鼓掌。我能感到她的嘴唇在微微发抖，但是她的声音很平稳。她唱得很出色，但只唱了三句——才三句，张天南身边那个漂亮女孩就挥挥手让她下去。草莓

只犹豫了一小会儿，然后就假装没看到，继续勇敢地唱下去："梦想是神奇的营养，催促我开放。想唱就唱，要唱得响亮，就算……"音乐蓦地戛然而止——张天南已经弹出了CD，他疲惫地冲草莓招招手："抱歉，时间紧张，后面还有几个班级……"草莓很慢很慢地走过去，接过那张她跑了六家店才买到的CD，它在光驱里转了还不到六十秒，就永远地完成了自己的使命。

第二天十佳歌手大赛决赛名单公布。没有草莓的名字。草莓在那张红色的名单前呆立了好久，然后转过身对我说："月桂，如果我从来没有为那件事努力过的话，结果再怎么坏我都不在乎；可是我已经很努力了，我真的很努力了……"说着眼泪就吧嗒吧嗒地往下掉。

甘草总是最会取笑别人的一个，但是那天她二话不说，不管三七二十一去找张天南吵了一架。吵得很凶，因为我坐在教室里都可以听到隔壁甘草的声音。吵完以后回寝室，草莓哭着问我们："今天我是不是唱得很烂？还是因为我太难看了，不可以站到舞台上去？"甘草抱住草莓："草莓，你不知道，今天你是最漂亮的。你唱得最好了，超女都唱得没你好。去他妈的什么十佳歌手。草莓你是百佳歌手千佳歌手，谁都比不上你……"然后她们抱着彼此坐在地上一起哭。

三

跟阿薰处得久了便发现，阿薰不是对谁都嘻嘻哈哈的。她对男生总是很冷漠，对某几个外班来的男生简直可以说是很凶。经常有一个高三男生会跑到我们班来找阿薰。后来知道那男生叫半夏。他大概中等个子，中等身材，眼瞳清澈总带着笑意，让人感觉是个很温柔善良而又不拘小节的男孩，似乎什么都不放在心上，又似乎什么都要放在心里。每次半夏来找阿薰都会客气地跟我打招呼，然后轻轻地问："知道阿薰上哪儿去了吗？"

但是阿薰对半夏却有些刻薄。她甚至管他叫"猪笼草"，而半夏居然也就笑嘻嘻地接受了，还送给阿薰一个小猪造型的储蓄罐。可阿薰并不领情，她想把储蓄罐送给我，我执意不要，她把它转送给草莓。有时候听阿薰和半夏的对话会觉得十分好笑，看到阿薰的表情却又不敢笑出声来。某一次半夏笑嘻嘻地调侃说："真想变成一只蚊子。"阿薰板着脸问："又打什么鬼主意？"半夏笑说："变成蚊子就可以吻你了！"阿薰冷笑说："我甩巴掌怎么办？"我使劲憋住笑，而坐在我前面的草莓已经哧哧地笑出来了。阿薰敲了她一栗暴。

半夏似乎总是处于受欺负的状态，但他对此毫不介意。不管别人怎么说三道四，我始终觉得半夏谈不上是阿薰的男朋友，阿薰一直在排斥他。也许是为了气走半夏，阿薰偶尔甚至当着半夏的面同其他男生勾肩搭背（一般情况下，被阿薰"勾肩搭背"的男生都处在一脸无奈的状态下）。半夏对此并不介意，只是笑笑而已。

有时想阿薰只是有些桀骜不驯罢了，表面上显得蛮不讲理，其实心里还是愿意同半夏在一起的。我看得出来阿薰尽管称不上喜欢，至少不讨厌他。他俩在一起时的大多数时候还算融洽（这样的时候并不多，因为半夏虽说经常来找阿薰，但每次都是坐几分钟就走）。半夏会给阿薰带来很多曲奇饼、巧克力和果冻，为了她还会特地请假出校门跑到KFC去买热乎乎的土豆泥，对她好得令人羡慕不已。阿薰起初不想领情，但这个大馋猫终究抵挡不住土豆泥的轮番轰炸，最后缴械投降，但嘴上还是不服输："这算我欠你的，下次还，可不是你送我啊……下次别送来了。"可是半夏再送来土豆泥，阿薰又会马上软下来，一边吃一边骂半夏心肠歹毒，逮住了她的弱点。半夏在一旁嘿嘿地笑。偶尔阿薰倔劲上来，硬是不肯要土豆泥，半夏也有办法，他会把土豆泥送给我，然后对阿薰的诅咒充耳不闻，笑呵呵地离开。等他人一走，阿薰马上为土豆泥跟我火拼。

半夏对阿薰的照顾真的可以说是无微不至。下雨天他会特地跑过来看阿薰是不是带了伞；天气突然转凉时又会跑过来看阿薰是不是穿够了衣服；他帮阿薰记着周一与周四有体育课，提醒她要穿运动鞋不能穿牛仔裤，否则会被罚跑；他还帮阿薰记着周三有美术课，提醒她要带绘画颜料。他知道他来的次数多了阿薰就会恼，因此这一切他都做得不让阿薰知道。他通过我了解阿薰穿多穿少，了解她钱够不够用，零食够不够吃；了解这个马大哈是不是又丢了手机或者钥匙，又通过我提醒阿薰要穿什么带什么——以至有那么一段时间阿薰忽然说我变得越来越细心温柔，终于比较有女人味了——就像她妈。我气得当场喷血。事后我对半夏说我不干了。不想半夏竟拿了一大堆零食来贿赂我。没办法，零食是女孩子的弱点。我只好认命了。

除了零食，半夏似乎摸透了我的爱好，经常送我手链啦钥匙挂件啦扭蛋啦什么的，他总是能替我借到我踏破铁鞋无觅处的漫画和光碟，还送给我他的画。慢慢发现半夏其实是个非常有才华的男孩。他画得实在太好了，简直可以算个漫画家。他的画受日本漫画风格影响很大。大多画的是阿薰，轻巧的短发，灵气的大眼睛，还有倔犟的嘴和鼻子，惟妙惟肖。他还经常给阿薰无中生有地画上香蕉形的发夹，使她看起来另有一番纯真。还有少数几张画的是个我不认识的女孩子，脑后梳着两根发辫，非常漂亮。起初我以为女孩是半夏胡乱画的，但某一次阿薰无意中看到其中一幅，轻轻地自语了一句："是她？"

后来出了一件事，阿薰冲半夏发了脾气。以前也有过这样的事，但那都只是小打小闹而已，阿薰任性过后总会与半夏言归于好。而这次，她叫半夏再也别在她眼前出现。

其实在我看来这真的不是什么大不了的事。那是阿薰的生日，半夏给阿薰寄了一个足有阿薰人那么高的包裹，全班都沸腾了。包裹里是一只很大的毛茸茸的蓝色兔子。半夏的名字很快就传开了，到处都有人在窃窃私语。

晚自习阿薰没来。

下自习后我跑到阿薰的寝室去看她。她倚在阳台栏杆上一边哭一边冲手机大喊大叫，我知道她一定在跟半夏通话，可电话那头的半夏似乎根本插不进一言半语来解释，阿薰一直在哭叫："你知不知道你这样同学们会说什么？你知不知道我们的事已经传到我爸妈的耳朵里去了？你知不知道今天晚上妈妈怎么说我？她说她怎么会生出我这么不检点的女儿来！你总是喜欢怎样就怎样，可是你为什么不想想别人会怎么说，我爸妈会怎么说？你为什么从来不顾及我的感受？你总是给我这个又给我那个，可是你根本不在乎我心里的感受。你只是为了自己心里好受才来讨好我，对不对？你以为自己在关心我，其实你在安慰你自己……你究竟把我当成什么？当成需要你的拥抱的小玩偶，要你心疼怜悯的宠物狗？”

半夏似乎说了句什么。阿薰忽然止住，大喊大叫渐渐变成嘤嘤的哭泣。她脸上泪水涟涟，眼泪淌着淌着她便慢慢地蹲下来，直到蜷缩在角落里。然后她对话筒轻轻地说：“我们可不可以不要这样子，不要这样子，不要这样子……你别再来找我了，好不好？再也别来了，就算我求你……”

那天晚上我偷偷跑到阿薰的寝室里，同她一起睡。阿薰说她难过的时候最想抱一个毛茸茸的东西，无论什么都可以，因为它会给她一种安全感。可是那个蓝兔子被孤独地落在教室里，我偷偷地想，阿薰其实需要它，只是她不敢伸出手去抱它。我没把这些说出来，怕又把阿薰惹哭。何况，我想，阿薰自己也明白这一点吧。

阿薰问我：“你是不是觉得我是个坏女孩？——我知道你心里就是这么想的，不要否认。猪笼草——就是他——对我那么好，可是我一直对他很坏，对不对？”

坦白说，我确实为半夏鸣不平。送一个毛茸玩具本就不是什么大不了的事情，弄得满城风雨也是半夏始料未及的吧，令众人皆知也并非半夏的初衷。半夏对阿薰，真的不是简单的“关心”、“爱护”所能形容了。阿薰对这份心是根本就不懂，还是明明知道却另有苦衷呢？

“其实，月桂，以前我告诉你我是转学来的，”阿薰见我不语，咬了咬嘴唇说，她已经不落泪了，但是眼睛很肿，“那是骗你的。我，我是高三下来的。高三的第一学期期末考试，我班里倒数。权衡再三，与其等高考结束去那种鱼龙混杂的复读班，还不如在重点中学重读一年。因为爸妈都是学校老师，我妈又是学校领导，便借助这层关系回高二来读了。——嗯，你现在是不是很看不起我？”

“猪——半夏，”阿薰叫出这个名字，似乎很花了点力气，“他原来是我的男朋友（你其实早就猜到了吧？）。我跟他早在高一就认识了。那时我还是个懵懂的小孩呢，什么都不懂，只觉得有个男生关心自己是件很幸福的事，半夏要我叫他哥哥，我就认他当哥哥了。他成绩很好，待人又温和，让人有好感也挺正常。我们越走越近，然后我便稀里糊涂地做了他的女友。那是高二上半学期，他依然只对我一个人好。

“也是在高二的时候，文理分班，跟半夏分在不同班里，但却认识了苜蓿。你知道苜蓿的——就是半夏画上的那个双辫女孩。她很漂亮对不对？她人也很好，温柔善良，脾气比我好了不知几倍。我们很快成了顶要好的朋友，那一阵子我们无话不谈，形影不离，决没想到后来竟会变成那样……我把苜蓿介绍给半夏。我们三个经常一块儿吃饭，逛街。可是你知道，三个人在一起，总会有那么一些时候其中的某个人会被冷落。起初我总顾着跟苜蓿说话，半夏毫不介意地看着我们，也不插嘴，只静静笑着。苜蓿觉得有些过意不去，与我聊天时便不时要扯上半夏。而到后来，经常是半夏与苜蓿聊得起劲，我却无话可说。苜蓿像当初不愿冷落半夏一样努力不冷落我，可这反而让我觉得我成了电灯泡。

“到高三，我的地理成绩不好，常常会向班里的地理课代表请教问题。那是个很可爱的男生，与他在一起无拘无束，偶尔玩得尽兴，在旁人看来便有些过火。半夏因为这件事第一次跟我吵架。有两个礼拜我们谁也没理谁。后来是半夏先表示愿意握手言和的。我感动极了，什么都依他，答应他我再也不跟别的男生走得太近，从那以后我跟男生说话都小心翼翼的，甚至不敢笑，怕传到半夏耳朵里被他误解。我这样信任他，无论什么都听他的，可是他对我呢……就在我们闹别扭的那两周里，我一直都不停地向苜蓿诉苦，而半夏，他与苜蓿约会，上街，开生日派对，一起上 KTV。这是后来别人告诉我的。我直接问苜蓿是不是有那样的事。苜蓿说，半夏其实也只是向她诉苦而已，还请她帮自己想办法让我与半夏和好。我相信了苜蓿。于是我们又恢复了以前那样三人同行的生活。

“三人同行，总会有一个人被踢出去的，我早该想到。我一直那么信任苜蓿，把她看成我最好的朋友；那么信任半夏，把他当成我的哥哥。有一天下午，在教室里，只有我们三个人，我告诉半夏和苜蓿我要回寝室一趟。离开教室后我想起我忘了拿点东西，一回教室你知道我看见了什么吗？——半夏和苜蓿在舔同一根雪糕……

“后来我再也没有理苜蓿，她也很知趣地没来惹我。我提出要同半夏分手，半夏却一直不断地解释解释，他只会解释，每次都是这样，吵架，然后解释……我已经厌倦了。从高二开始我的成绩一直在走下坡路，走到高三，已经到无路可走的境地了。现在你知道为什么我对半夏那么凶的原因了吗？我只想赶走他而已，并不想伤害他。”

我与阿薰聊了很多。那是阿薰第一次向我敞开心扉，把心底所有秘密都袒露出来，也是我第一次发现阿薰并不是我初时所识的那个单纯得只剩吵闹玩笑的小孩子。她是女孩，一个有眼泪有悲伤的女孩，悲伤同漂亮一样多。

四

十佳歌手比赛后大家一直小心翼翼的，怕伤害草莓。谁知道草莓那丫头自我疗伤功能这么强（用甘草的话说，自恋是医好一切心灵疾病的良药），没几天居然又发起花痴病来。而且，这次她花痴的对象居然不是自己，而是——我们怎么都没有料到的——张天南。

“你们不觉得天南这个名字很好听吗？”草莓一提张天南，我们只好统统闭嘴，可惜没有“耳唇”，否则我们一定会连耳朵也闭上，最好不要试图反驳草莓的“张天南论”，否则她就会拿出不久前她攻击张天南的气势来对付你——我们都还没活够啊，现在去见马克思未免太早了。

“喂！怎么没人说话啊！天南，天南，这个名字多好听啊！”

甘草重重地叹了口气：“我说，如果你那么喜欢张天南的话，直接去找他，对他说‘我喜欢你’，犯不着对我们一天唠叨数百遍啊。”

“我只是喜欢这个名字而已。”草莓激烈地抗议，“他长得那么难看，我才不会喜欢他呢。倒是你自己，可别看上他！”

甘草冲草莓做了个鬼脸：“当心你自己吧！”

果真被甘草不幸言中。没过两天，张天南在草莓那里已经由“名字好听”升级成“脸长得蛮帅的”了。

“我今天在去餐厅的路上碰到天南耶。”草莓兴高采烈地说，那模样活像见到她的超女偶像了，“我觉得他今天很英俊啊。连走路都那么风度翩翩的！”

“是谁在不久前扯着嗓门说：‘张天南，帅哥？拉倒吧！不就个子高一点吗？不就是个小白脸吗？那也能叫帅？你也不看看他那张长满雀斑的脸！就算以青蛙的标准看……’”甘草把草莓损张天南的那段模仿得惟妙惟肖，把我们都逗笑了。

草莓脸也不红地打断甘草说：“人的思想是会深化发展的嘛。甘草亏你还是学文科的呢，哲学有没有学好？”

“是啊，”甘草笑嘻嘻地揶揄道，“过几天你的思想恐怕要‘深化发展’成：‘哇，天南哥哥连吃饭都吃得那么帅，我喜欢！’‘啊，你们有没看到天南哥哥跑步上厕所的样子啊，真是酷得无法形容哎……’”

我们都笑成一团。但我们万万没料到的却是——

“今天我又在路上邂逅了南南……”

我们统统晕倒。

甘草晕晕乎乎地说：“草莓啊，你那个思想发展得太快了吧。都变成‘奶奶’了啊……”

“是南南！”草莓高兴地纠正说。

“老天。你这么喜欢他，不让你们认识那可是我的过错了……”说着甘草拉起草莓的手就往八班走。

“去哪里？”

“去找你的南南啊！”

“他又不认识你，你怎么介绍我？”

“嘿嘿，记得不？上礼拜我还帮你去跟他吵了一架呢。我跟他就这样‘认识’了！走啊！”

“不……不，我不去，”草莓费力地挣脱甘草，“我只是随便说说玩儿的，你别当真！我没想真的去见他，何况他也不认识我。”草莓说着下意识地拢拢左额的刘海。

“哎呀！所有言情小说总是要有个开头的嘛。没有开头怎么发展下去呢？要不这样，草莓我帮你创造个机会，假装你们是偶然认识的，怎么样？走吧！”说着又扯住草莓的胳膊。

草莓急得眼泪都快出来了：“别这样！会被人笑死的……我，我长得那么……那么有个性，又肥、又矮、又难看，脸上还有一块……会把他吓坏的……我只想……就这样……不想去打扰他……”她说着很用力地从甘草怀里抽出手，转身飞快地跑开，一头扎进迎面走来的荞麦怀里——草莓以为那是我。

“月桂……”她居然在荞麦怀里哭了出来。

荞麦尴尬地站在那里，不知道该怎么办。草莓也忽然觉得有些不对劲——月桂怎么变这么高了？她微微抬头一看，发现自己抱的竟然是跟我穿着相同颜色的上衣的荞麦。草莓大吃一惊，立刻从荞麦怀里跳出来，红着脸嘟囔一声“不好意思”，然后飞快地跑开。

荞麦是我们班的数学课代表，高高的个子，略有些瘦，看起来好像有些弱不禁风，但在大多数女生看来也算是帅哥了。我们为这件事取笑草莓好久。草莓做事总这样没头没脑的，三天两头要闹个笑话，所以大家都把她当小妹妹看待。荞麦对那件事毫不在意，倒是草莓自

己紧张得跟什么似的，每次一看到荞麦就跟见了毛毛虫似的大叫一声逃走。

即使是这样草莓还是没能躲开荞麦。我前面说过，荞麦是数学课代表，而草莓的数学比我的体育还有过之而无及。有时候我和阿薰一起偷翻草莓的数学作业，简直可以把下巴笑得掉下来。二次项定理应用那一课里有这么一道题："如果今天是星期日，那么两天以后的那一天是星期几？"草莓在题后写的是："第一，那时候我早就挂了，管他星期几呢；第二，你不会自己去查日历吗？！"这样的作业，草莓当然也不好意思交了。

荞麦却不依。自从草莓一头扑进他怀里，他对这个"乖乖的文静的"（天晓得荞麦是怎么得出这结论的）女孩格外注意起来。每次草莓不交作业他都要催上三四次。草莓无奈，只好说"我做不来"。没想到荞麦撇一撇嘴："哪题做不出来？我教你！"

到后来，不用荞麦威逼利诱地催作业，草莓居然会主动去问他数学问题了。草莓的数学突飞猛进，在最近的一次考试中竟然超过我和阿薰，与荞麦相差无几。那天荞麦有些腼腆地走过来："考得不错啊，我请你吃饭怎么样？"草莓涨红了脸不答。荞麦把目光移开，装作不经意地说："是这样。我和几个初中同学聚会，他们都有女朋友，说非要带一个女孩子不可……你愿意跟我一起去吗？"草莓旁边的甘草催促她说："快答应呀！你不去我去啦！"可是草莓仍然一言不发，忽地低下头，轻声说："我……我不去。"

"可以告诉我为什么吗？"

"我脸上……不去就是不去。"草莓下意识地拢拢左额刘海，她紧张的时候总会有这个动作。

"哦，这样啊。那么……好吧，就这样。"荞麦转身走开，脸上掩饰不住的失望。

甘草埋怨草莓不懂得把握机会，愤愤地说她"没有脑筋"，说着说着，忽地发现草莓已经把头深深地埋进臂弯里。上次也是这样。甘草怂恿草莓去见张天南，说着笑着，草莓忽然就这样沉默下来，一言不发，莫名其妙地哭起来。

甘草拍拍草莓的背：“你，你别这样。我不说了好不好？究竟是怎么了吗？”

忽然明白，草莓以前故意表现得那么自恋，实则是为了掩饰自卑啊。我想起了阿薰。总是这样，漂亮的女孩不再相信爱情，不漂亮的女孩从来不相信爱情；漂亮女孩知道幸福近在眼前却看不见，不漂亮的女孩看见了幸福却不敢接近。

究竟什么时候，我们可以不冷落自己地感受自己的心？

荞麦邀请草莓未果后的第二天，草莓在她的书桌里发现了一本崭新的书，没有签名也没有留言，只有封面上的红字在熠熠闪光——《红字》。

五

半夏再也没来找阿薰，但他经常在阿薰不在时来找我，向我了解阿薰最近怎么样。

“那晚哭得很伤心，跟我聊天到深夜，但第二天就像什么事都没发生过似的，再也没对我说别的什么。她说她要努力忘记，但我总觉得，她仿佛已经把那些事埋在心里了。对了，阿薰告诉我苜蓿的事了。半夏，你还和苜蓿在一起吗？”

半夏苦笑了一下：“只是路上碰见会打招呼而已。”

“你还喜欢她吗？嗯，假若可以重来一次，你会选哪个呢？两个选项——A. 阿薰，还是 B. 苜蓿？”

半夏良久不语。

“你对苜蓿怎样我不知道，可我知道你对阿薰真的很好。”

“那又怎样呢。我只是觉得对不起她，想补偿她。你知道，如果不是我，她就不会挨父母的骂，也不需要回高二重读了。她很在乎别人

怎么看她。如今处在这种境况，她已经是惊弓之鸟了，总怕有人笑话她，对她指指点点。”

“没有人笑话她，也没有人对她指指点点！”

“所以我才说她是惊弓之鸟啊。”

而对于阿薰，她心里在想什么，我一点也看不出来。她似乎下决心要把过往永远地埋葬。

看到阿薰在读 J.D. 塞林格的《麦田里的守望者》。

麦田，守望，都是被我们一遍遍引用和默念太多的两个名词。20 世纪 60 年代美国“垮掉的一代”的故事在中国八零后的群体中引起了前所未有的共鸣，难怪有人把我们与冷战时期的美国青少年相提并论。不约而同的，所有少年都开始企盼自己的一片麦田。

可是我却不能说我喜欢这本书。我只记得读完它后心里一阵空虚和失落——那是一种比流泪更难受的感觉。我并不怕催人泪下的悲剧，悲剧只要哭过就好了；我怕的是那种读了以后明明很想哭却始终哭不出来的书，比如《挪威的森林》，比如《挪威的森林》里村上春树所推崇的《了不起的盖茨比》，再比如《麦田里的守望者》。

提到《挪威的森林》，我又想起了甲壳虫乐队。不喜欢《麦田里的守望者》，还因为有件事无法释怀。甲壳虫的歌迷们永远不会忘怀约翰·列侬——乐队的灵魂人物。1980 年 12 月 8 日，一个疯狂的歌迷，马克·大卫·查普曼以五颗子弹结束了这个摇滚巨子的生命。令我难以容忍的是查普曼杀害列侬的动机——他把自己视为《麦田里的守望者》的主人公考尔菲德的化身，他开始模仿考尔菲德，把万众偶像列侬称为骗子。据说，杀死列侬，查普曼一言不发，往地上一坐，看起了《麦田里的守望者》。

“我还记得……《麦田里的守望者》在一边很显眼……当时我想，也许杀了约翰·列侬，我就能找回自我了。”查普曼在监狱里如是说。每一个颓废压抑的人都有一个共同的病症，那就是丢失了自我。查普曼是，考尔菲德是，塞林格也是。麦田里的守望者想要看护孩子以防他们跌落深渊，而最先跌落的，却是他们自己。

“I don’t believe in killing whatever the reason! ”约翰·列侬的话。可他自己却死在了枪下。

心怀那个麦田理想的孩子还没有长大。阿薰读完书后这样说。

“我们的世界不可能简单到用一片麦田就能概括。这是个复杂的世界，太过纯粹的理想总是与之格格不入。连自我都无法把握，随时可能跌落悬崖，守望孩子又从何谈起呢？”阿薰说，“我知道以前的自己并不成熟。我曾经把某些事想得太简单了。知道我为什么会叫‘阿薰’吗？因为以前我喜欢《浪客剑心》里的那个女子，神谷薰。她是那么单纯而执著，不问理由地守候着宿命中的人，像一朵安然水上的莲，无论波涟如何都能把根深深地扎在泥土里。我曾经就想做阿薰那样的女子，就那样波澜不惊地等我所等的那个人，不管外面风多大雨多大，只要他一回家，我就伸出手浅笑吟吟地对他说：‘欢迎回来！’……”

我看了一眼阿薰，发现她长长的睫毛正闪着泪光。她已经沉浸在思绪里了。

“啊……当然啦，现在早已不这么想了。”阿薰回过神来，有些不好意思地说，“你看，那时毕竟还是个小孩子，后来经历了这许多事，知道无论自己如何努力，都不可能活得像阿薰一样。”

“那么现在怎么想呢？”

“现在……刚从高三下来的时候，有位在复读的姐姐送给我一句话：‘忘记该忘记的，记住该记住的，改变该改变的，接受该接受的。’现在能做的，就是好好读书，不再辜负父母。该忘的也许永远忘不了，但至少不能再错过不该错过的。我不知道怎样才能算成熟，但我知道，我确实与从前的自己有所不同了。”

我默默地看阿薰，看她瞳仁里闪烁着的无数晶莹的碎片，它们都永远地停留在回忆里的昨天，连同手心的温度和交错的视线。我忽然明白阿薰已不是许久前的她了，那个只会在球场上发飙打闹的小孩，那个一受伤就要哭泣喊叫的小孩。她已经学会强迫自己忘却和接受了。

忘记是谁说的，有些事是不得不去做的，不得不去做而去做它，就说明我们已经成熟了。美国那群60年代的“垮掉分子”如今都已是美国商界政界的精英人物，或者早已功成名就安享晚年。那么，接下来成长起来的，就该是我们这些八零后的孩子了。

阿薰见我一脸严肃，不禁笑出来：“呵呵，想什么呢？我只是偶尔装装深沉罢了。阿薰永远是阿薰，无论怎样都不会变的，该奋斗的时候就该努力奋斗。等有一天，对了，等有一天我们都老了，牙齿松了背驼了，你会做什么呢？”

我又想起了列侬，想起了甲壳虫的一首歌《永远的草莓地》。草莓地原是利物浦的一家孤儿院，列侬小时候曾与那里的孤儿一起玩耍，后来他成了歌星，就为草莓地写了一首歌，使它名扬天下。只是，如今，孤儿都被领养走了，只剩三个孤儿的草莓地最终宣布关闭。

“我想我会开一所名叫‘草莓地’的孤儿——不，幼儿园，让自己的生命在年轻的生命身上延续下去。你呢？不会是开一家专卖土豆泥的小店，当‘土豆泥守望者’吧？”

忽然听到高三教学楼那边传来一阵阵喝彩与笑声。阿薰拉起我的手跑到窗台边。

窗外，好多好多五彩缤纷的纸飞机正纷纷扬地飘落，并且还有更多纸飞机从高三教学楼那边飞来。它们柔曼地浮在风的掌心里，像撒落天宇的群星，像飘摇在雾中的花瓣雨，缓缓地，缓缓地，落在夕阳染就的金色草坪上。

“高三月考刚考完呢，”阿薰说，楼下有许多人开始争抢满地的纸飞机，“大家都想放松一下吧。究竟是哪个傻瓜带的头呀？居然会折起飞机来！不过，确实很壮观对吧？”

地上的纸飞机已被一抢而空。他们都兴高采烈地爬上三楼，四楼或是五楼，开始准备下一次的放飞。

“对了，你还没回答我的问题呢。”

三三两两的纸飞机盘旋而下，随后，加入进来的纸飞机越来越多，数十只、数百只飞机在夕阳的余晖中飘舞。有一只橙色的飞机飞到了我们的窗边。阿薰伸手轻轻接住它，对我说:“等有一天我老了，我要有很大一块麦地，那儿有许多孩子在玩纸飞机。我就站在一边，当飞机跌在我的脚边，我便拾起它，重新放飞出去。”

阿薰把那只橙色飞机重新放飞，看着它滑翔在天际的最后一抹夕阳里。

“那只飞机可以是梦，可以是爱，可以是信心，是希望，是祝福，是什么都好。我所做的，只是让它飞起来，让它传递下去。”

六

四月属于乡村，属于原野，属于梦境。四月永远是出游的好天气。四月花开花不语，每一簇待开的蓓蕾都酝酿着春天的神奇。

四月份班里组织春游。我们的目的地有一个像四月一样诗意的名字——清风寨。阿薰听到后不禁惊讶:“曾经和朋友一同去过。”

我和阿薰、草莓、甘草走在一起。田野里开满了一种美丽的紫红色小花。甘草采了一大把，往女孩们头上乱插。草莓在甘草背后窃笑，甘草一转身给草莓也插上两朵:“像你这样的花痴不插花怎么行呢？”草莓气呼呼地也去采了一大把来，同甘草打闹成一团。

“可惜不知道这种小花叫什么名字。”我说。

“苜蓿。”阿薰淡淡地说。

“哦。对不起。”我说，一边在心里埋怨自己不该让阿薰想起那些事。

“没什么。我也不怎么在意了。”阿薰沉吟了一下说，“以前跟一些亲密的朋友组成了一个小小的团体，我们管自己叫‘草草世家’，因为大家的绰号都是些小花小草。半夏啦，苜蓿啦，都是一种植物。”

“那阿薰你呢？”

“薰衣草。”

“这不是很巧吗？”草莓在一边听了笑说，“你看，月桂、甘草，还有我，还有——嗯，荞麦，都是小花小草啊。我们也可以有自己的‘草草世家’了！”

阿薰点了一下草莓的鼻子：“草莓是种水果，你呀，不算的！”

“哼，草莓也可以代表植物的嘛！”

阿薰笑笑：“好啊，你非要加入不可的话，那么——‘草草世家’里你最小，你得管我们叫姐姐！”

“去你的吧。你不就年龄比我大一点，身高比我高一点吗？”

“姐姐不就是年龄大一点，身高高一点吗？笨！对啦，你跟你的南南现在怎么样了？你怎么不邀请他一起来呢？春游是可以请自己的朋友的吧？”

“张天南？……其实，其实我想，我跟他实在没什么……的确，有一段时间我是喜欢他。但不是那种意义上的喜欢，仅仅是一种带点傻气的仰慕而已。这是我最近才明白的。我跟他就像是两个世界里的人，偶然路过遇见，还是会走自己的路的。那种喜欢，只是一点淡淡的好感，一份无关紧要的印象。”草莓说着把视线投向远方。

甘草敲着草莓的脑袋说：“怎么忽然变得那么深沉了？老天，不会是荞麦给你的那本书把你弄傻了吧？”

那本书，指的就是《红字》。

“说到那本书，”草莓拢了拢左额的头发——但不是为了遮住那个胎记，而是为了让它显露出来，“它是我最喜欢的一部小说了。女主角叫海丝特·白兰。知道吗？她与一个牧师发生了关系，虚伪的清教徒为了惩罚她，让她带上一个耻辱的红色字母——A，代表通奸 Adultery。但是海丝特并没有因为嘲笑和谩骂丧失对生活的信心。她以温暖丰润的天性感动着曾经伤害她的人们，像天使一样进入受难者的家门，给人们带去安慰与希望。多年后海丝特回到波士顿，依然带着那个红色的 A 字——其实‘A’又何尝不可以代表能干‘Able’以及前进‘Advance’呢？海丝特把那个原本以示羞耻的红字变成了圣洁的标记，一直到死。”

“读了《红字》以后，我忽然明白自己以前把这个胎记想得多么可笑，”草莓抚摸着那个胎记，“以前我总是诅咒它，把它想象成魔鬼的恶作剧。海丝特的红字是耻辱的印迹，她却将之视为前进的动力；而我的胎记，是与生俱来的神圣礼物啊，说它丑陋，为它自卑，不是件很可笑的事吗？我应该为它骄傲才对啊。它是妈妈给我的永恒的记号，只要我活着，无论我走到哪里，都会有母爱与它同在。它使我与众不同，让我明白我就是我，世界上没有谁能替代我。看呀，这个胎记多像一颗草莓、一颗爱心啊！而且说不定，”草莓调皮地一笑，“我这美丽可爱的标记可是神仙点化出来的哟！当然啦，也有可能我本来就是什么七仙女八仙女下凡来的，它是仙女的记号哩。甘草小朋友，还不快给神仙姐姐我磕个头，贡炷香来着……要不贡根棒棒糖也可以，哈哈哈……”

甘草看起来恨不得插一根棒棒糖到她鼻孔里去：“就你这样的身材——不是我打击你——又矮又胖，你这算哪路子的神仙呀，难道是王母娘娘？”

我们都笑起来。草莓毫不生气：“矮嘛，是因为‘浓缩就是精华’；至于胖嘛，是因为我实在有太多太多的快乐，所以上帝不得不给我一个稍稍大一点的身体来装下它们啊！”

甘草又与草莓打闹起来，而我却很久没有说话。我蓦地发现草莓竟是前所未有的美丽。

登山的路有些陡，大家都走得气喘吁吁的。草莓因为略有些胖，走起来就更显得费劲了，很快落在后面。就在那时候，我们转身要喊草莓，却意外地看见，荞麦正拉着草莓的手鼓励她往上走。甘草不管三七二十一，拿起相机就噼噼啪啪地摄了好几张。草莓气得又叫又跳，却再也提不起劲来追赶甘草了。

午餐是荞麦请大家的。香喷喷的竹筒饭，现在想起来依然忍不住垂涎。饭桌上大家一直取笑荞麦和草莓。荞麦一直傻兮兮地干笑着，草莓却正色说：“我不喜欢荞麦——只是喜欢跟他在一起。”

我喜欢你，无关乎爱，无关乎感情。仅仅因为青春的洪水在它泛涨的舞蹈中把我们拉到一起。我们为这种舞蹈取了个好听的名字，你可以叫它缘分，也可以叫它友谊。

下午我们终于爬到山上，却怎么也没料到我们在那里见到了谁。是半夏，还有一个梳双辫的女孩子——一定是苜蓿。

阿薰抬头看到他们的时候，有那么一刹那，似乎不知道该把自己藏到哪里。

“薰！”半夏说，他紧张得有些语无伦次，“月桂告诉我你们要来这儿春游。我知道我……我不该来，可能又要惹你生气了。可是……那个……”

苜蓿没等半夏把话说完就朝阿薰走了过来，她的声音很轻柔，但很清楚：“‘两只蚂蚁相遇，只是彼此碰了一下触须就向相反方向爬去。爬了很久之后突然都感到遗憾，在这样广大的时空中，体型如此微小的同类不期而遇，可是我们竟没有彼此拥抱一下……来一次世间，容易吗？有一次相遇，容易吗？叫一声朋友，容易吗？’阿薰，记得吗，余秋雨的，我们俩以前最喜欢的一段话？我不奢求你的原谅，如果你还对那些事耿耿于怀的话。我只是想与你和好。你看，我们就要高考了，我想考北方的学校，而半夏要考上海的美术学院。以后我们还会有机会聚在一起吗？我们还能像以前一样在这里的长满苜蓿的花田里嬉戏打闹吗？我们还能像曾经一样碰碰触角说说心里话吗？我知道你有满腔委屈，可是……”

“不用再说了！”阿薰抱住苜蓿，为了不让背后的我们看到她泪流满面的样子，“我没有委屈……不，不能这样，”她擦干眼泪，微笑着说，“来呀，我来给你介绍，你瞧，我们的‘草草世家’又有新成员了！……”

“半夏，你也过来啊！”苜蓿说。

“我……不，不，阿薰早就不承认我是‘草草世家’的分子了……”半夏还是不敢和阿薰直接说话。

“我原来管你叫什么？”阿薰笑嘻嘻地说，看到她这样的表情，我就知道她又与半夏和好了。

“……猪笼草？”半夏讷讷地说。

“猪笼草不也是种草吗？就是名字难听一点而已啦！”

半夏不禁笑了出来：“你真是一点都没变，还是那么淘气啊。”

半透明的蓝天上铺满了灿烂的阳光，清澈的浴仙湖像一掬清泪，温存地在苍翠的山间荡漾。其实山怎样水怎样又于我何妨。真正令人感喟的是大家聚在一起的时光。故事里最最重要的情节，是你我一起心花怒放。

下山的路上，阿薰与苜蓿走在一起，我则与半夏远远地落在后面。

“以前问你要选 A 还是选 B，结果看来，你是根本不愿作选择了——既不要 A 也不要 B。”我说，踩在小径的枯叶上，发出轻微的嚓嚓声。

“其实，”半夏笑说，“我不止选了 A 和 B，还选了‘C’呢。”

“‘C’是谁？”

“就是月桂你呀，小傻瓜！”

“我？胡说什么呀，你连画画只画阿薰和苜蓿，扯上我干什么？”

“哪儿的话！我怎么只画她俩了？”

“还说不是？你送我的画上画的不都是她俩吗？”

“那些画里也有你啊！”

“你胡说！”

“是你自己想歪了嘛。阿薰并不戴发夹呀——你看，大部分画上的女孩不都有一对月牙形的发夹吗？”他说着轻轻地碰了碰我头上的月牙发夹，“怎么，没话说了吧？”

“那明明是香蕉形的发夹！”我狡辩说。

“哎呀，怎么连你也许会阿薰的贫嘴功夫了？该打！”

“不过，说真的，你还真是 ABC 照单全收了啊。”

“对呀。生活并不是单选题，选多少取决于你自己。何只 ABC，

我还选了 EFGH 呢！”

“EFGH 又是谁？”

半夏笑望着我说：“草草世家。”

七

故事说到这里似乎可以结束了，“草草世家”已经全员齐集。问题是，春游后不久，甘草忽然对阿薰说：“我有个朋友也想加入‘草草世家’。”

“哦？我们很欢迎啊。是谁呀？”

“南南。”

草莓大吃一惊：“怎么轮到你管他叫‘南南’了？”

甘草有些不耐烦地说：“我不是告诉过你吗？我为了你跟他吵过一架。结果后来他跑来找我道歉，还说什么从来没遇到过我这么有个性的女孩子，让我做他女朋友。我就答应他了。哎呀草莓，别用你的死鱼眼瞪我！我只是跟他玩玩而已，又不会过一辈子！他听说我们的‘草草世家’，觉得很有缘，便说要加入。”

“有缘？张天南？”草莓大叫，“冤家差不多。”

阿薰说：“要加入？好啊！不过得为他取个草啦花啦的绰号。”

“不用的。”甘草说，仍用那种不耐烦的腔调，“听说过有一种植物叫天南星吗？是种草药。所以南南说他的名字跟我们挺有缘的。”

惊讶于我们这些小小的个体居然就这样走到一起。也许正如周国平曾经说过的那样：世上本没有家，渴望与渴望相遇便有了家。世上本没有“草草世家”，因为有了你，有了我，有了他，有了我们不经意间眼神的碰撞，便有了我们的，我们的“草草世家”。

相较于大千世界芸芸众生，我们这些小草实在是太过渺小太微不足道了。即使这个世界没有我们，太阳依旧升起，地球依旧转动，漫天星辰依旧会循着各自的轨迹；即使我们今天降生明朝死去，花开花谢，潮起复平，市廛红尘依然如不灭的经年流转不息。可是，我们依然应当相信，比起没有我们的世界，这个被我们的歌声笑声浸润过的世界，这个被我们喜怒笑泪感动过的世界，这个被我们的苍翠年华洇染过的世界，也许会更加丰富可爱，更加美丽动人吧？就算它翻手为云覆手为雨，就算它在转身时就把我们忘记，但毕竟，这个世界确确实实因为我们存在而有所不同了，也许这便是小草存在的意义。重要的不是苛求世界为我们做出改变，而是以我们的存在去改变世界。如此，我们便能够坦然地在路上行走，一边走一边欣赏沿途前人所留下的风景，一边走一边以爱与微笑在世上留下自己生命的印迹。

好啦，小说到这里真的该告一段落了，但“草草世家”的故事还会继续下去。尽管我们吵起来“一个个都跟兑了水的油里的豆子似的活蹦乱跳”（甘草语），但大家其实都是非常努力的小孩。苜蓿面临着高考，学习十分紧张；半夏正为考美术学院时刻准备着，立志为中国动漫事业贡献一切力量；荞麦马上要参加数奥，争分夺秒地解题；天南是个乖乖好学生，正在向年级第一冲刺；草莓，不用说，还在为她的超级女声梦努力着，有一天你在超女的 PK 舞台上看到一个左额有心形标记的女孩，那就一定是我们家的草莓了；阿薰正率领我班男生篮球队为班际篮球赛紧锣密鼓地训练着（……也不知道她是充当临时教练呢，还是打算到赛场上充花木兰）；而甘草，正在为“草草世家”的繁荣兴旺名扬天下永垂不朽流芳百世传宗接代（……这什么逻辑呀）而呕心沥血殚精竭虑披荆斩棘宵衣旰食春蚕吐丝春风化雨鞠躬尽瘁死而后已（……别用那种眼神看我，不是我说的）；至于我，如你所见，我正绞尽脑汁想方设法不择手段把我这篇传世檄文(……)弄到《萌芽》上去……

也许我们的付出永远不会有所谓的回报，毕竟，这个世界上，付出与回报的天平从来都没有平衡过，公平的砝码早已锈迹斑斑。因此我们那些天真狂妄的大大的梦想，以及那些倔犟固执的小小的努力，迟早会被现实拒绝，被旁人耻笑吧。但那又怎样呢？我们早对拒绝与耻笑有免疫力了。我们都是小草，风吹了倒下了还会再站起来，天冷了枯萎了还会在绿起来，火烧了死掉了还会再长出来。

更何况，许久以前，那个印度的老先生泰戈尔，早已为我们“草草世家”写过一句诗了：小草呀，你的足步虽小，但是你拥有你足下的土地。

刘玥，女，1989年11月生于浙江金华。笔名流月。就读于北京大学。获第九届新概念作文大赛一等奖，第八届新概念作文大赛二等奖。在《萌芽》、《读写月报》等杂志上发表文章五十余篇。喜欢读书写作，喜欢胡思乱想，喜欢安静地坐着，喜欢热闹地活着，喜欢冲自己傻笑，喜欢执著地做一件事，也喜欢偶尔开开小差，喜欢农民工的小孩们注视着自己的大眼睛。

初吻

◎文 / 蒋峰

她说，就是到了世界末日，火车往地心里钻，她也绝不会靠在他的肩膀上入睡。然后她就倚靠窗一侧的车壁上睡着了。他看了她一会儿，又翻开报纸，火车的隆隆声震得他有点头痛。对面几个陌生的乘客招呼他过去打牌。他们原先已经打到了 5，他接过来，继续打到 7。然而他总是不放心什么，就和那个男孩换回了座位。

将报纸遮盖在脸上遮挡光线，可他还是睡不着。他侧过身看了看她。由于正在梦中，她的脸微微有些发红，凌乱的头发遮住了她的耳朵和鬓角。他在犹豫中将一个橘子碰到了地上。他弯下腰，手臂悬在桌下搜寻着，同时脸凑上前，轻轻地，在她露齿的嘴唇上吻了一下。

起身后他重新浏览报纸，萨达姆在提克里特被捉的消息成为掩饰他现在如此激动的理由。似乎只是为了平缓下他内心的不安，他向周围的人笑了笑。

“怎么不玩啦？”他的对手叫他过去，接着推开身旁刚要睡着的男朋友，“你去跟他换回来。”

“哦。”那个胖男孩要了些报纸铺在地上，钻到座位下面睡去了。

“你们打 7，”女孩说，“我们还没走出家门口呢。”

他们一路打到了 J，又被对手勾回到 2。除了他，其余的三个人都很开心，这样，就可以一直打到下车了。

“帮我带下牌。”他放下扑克过去将她扶起来。

“怎么了？”她睁开眼看到他的手正握着她的肩。

“现在这儿没人了，”他说，“你把腿放上来睡吧。”

“不用了，”但她还是把腿支了上来，“你不坐了吗？”

“我在那打升级，就是那种玩到地球毁灭也玩不完的游戏。”

“怎么玩？”她起身坐起来，“我还不会呢。”

“你不用学，”他说，“以你的智商，一辈子不会也没人怪你。”

“嘁！”她扭过头去，不过又转了回来。“你去吧，”她说，“我这没事。”

“你女朋友？”他走近时那女孩调皮地问他。

他回头看见她已合上双眼，就腼腆地点点头。

“你可够听老婆话的，”女孩指指地上的男朋友笑道，“跟他一样。”

坐位下传来了打酣声作为回应。他跟着他们一起笑了。

他们这回打到 J 的时候有惊无险地过去了，不过最后一关 A 却又被扎回到了 2。

“这么打到下车也打不完。”他对牌的规则表示质疑。

车厢的广播突然响了，一个进来卖早点列车员推着小车踢醒了地上的男孩。

“哦。”那男孩起来摇了两回头，站在一侧给她让路。

“你怎么逮哪儿睡哪儿呀？”她有些不满，推着小车缓缓过去了。

“吃早点吗？”他看到她坐起来，问她。他站起时火车刚好转弯。他摇晃着跳一下伏到她身上。

“轻点儿！”她说，“别把我初吻乘机偷走。”

“你还得靠它卖钱呢？”

“你说多少钱？”她笑着问，“五百你要不要？”

“你请我当皮条客，保你五万都有人抢着要。”

“我这是金嘴吗？”她对他瞪大了眼睛嘟着嘴。

“什么金嘴呀？我跟那些色狼说这是天使的嘴唇。”

“我早不是天使啦，”她挥舞着双臂说，“我是即将成为小魔女第二代的小魔女第一代！”

她的声音太大了，有人已经在偷偷地笑。他凑到她耳前低声提醒她：“小声点，别让人认出你的身份。”

她点点头，再点点头，又点了第三下头，说：“要是他肯要的话，我什么都想给他。”

他没说话，侧耳听了一分钟广播，新闻说萨达姆十分顺从，他已经无力反抗了。

“他已经无力反抗了。”他重复道。

“嗯？”她问。

“没什么。”他弄了弄头发，说，“他回短信了吗？”

“回了，他说既然都分手了，就没必要再见面了。你说为什么他一下子就变得这么冷漠了？”

“你跟他说你要来的吗？”

“没有，”她想了一会儿说，“他不会不见我吧？”

他对她摇摇头笑了。

“我去洗脸。”她站起来。他把腿并在一起让出一条路。“梳子呢？”她问。

“我哪有啊？”

“你是怎么做骑士的呀？”

“骑士的责任是护送，梳子这种闺房之物是公主自己掌管吧？”

“嘁。”她拽出一条毛巾出去了。

他把窗帘拉开，看到外面天亮了。火车正在一片田地中穿行，他想到了武汉，可能就看不到这样的绿色了。

“你老婆挺漂亮的呀。”原先打牌的女孩坐到了他旁边，“怎么骗到手的？”

“其实见到你之后，我就开始后悔先认识她了。”

“把这个吃了，”她递给他一块绿箭，说，“我保你嘴更甜。”

“甜言蜜语是我吃饭的家伙。”他把手掌贴在嘴旁故作神秘地说，“其

实我是人贩子，专门诱拐少女。我先跟你说是让你提防点儿，因为你的美是不可亵渎的。”

“她回来了，”她轻声说，“来，咱们靠近点儿，看看她是不是真喜欢你。”

“同意加支持，要是她转身就走了，你就顶替她做我女朋友吧。”

“别，”她站起来指着那个只会说“哦”的胖男孩道，“那你怎么处理他呀？”

“又骗来一个？”那女孩走后，她坐进来笑眯眯地问。

“不，”他一本正经地回答，“我是个诚实人。”

“就是总不说真话，是吧？”

“那是因为我记性不好。”

他们两个笑了。

“到哪儿了？”她问。

“过长沙了。”

“我睡觉之前就过了。”

“可是我就知道这三个城市呀。广州是起点，武汉是终点，长沙已过，多谢。”

“几点了？”

“六点多，”他看了看手机，“八点钟到。你再睡会儿吧。”

“不了，我刚弄好头发。”她摸着自己的脸问，“我现在是不是很难看？”

他转过身疑视着她的眼睛。不一会儿她的眼睛开始闪躲。“你这几天哭得太多了。”他说。

她沉静下来，低下头，“我再也不想恋爱了，第一次恋爱就这么失败。”

“那只是你最初选择错了，你可以选一些让你永远也不会失败的人，”他安慰道，“譬如我。”

她抬起头张嘴笑了：“算命的说我十七岁会变聪明呢，因为他说我会遇见贵人。结果贵人没碰到，追求者倒是一火车。我向谁问路谁会向我要电话，弄得我现在就敢向女的问了；我就去过那么一次网吧，还被男孩缠住了；坐在教室，你又来找我搭话。”她突然显出和他很陌生的样子，问道：“咦？你是我们班的吗？”

“我是啊，就是没怎么上课。去过两次。”

“你这叫上学吗？”

“没有啊，我第一次去是评选班里谁最漂亮，第二次就是要采访这位分数最高的获奖者喽。”

“标准的相貌主义者，”她双手食指向下叫道，“鄙视！那我去拍封面怎么没人要啊？”

“我想可能是，”他想了想，说，“你的衣服穿得太多了。”没说完他就忍不住笑了。她收起双腿做好要踢出去的准备。

“和平，Love and Peace！”他双手掌心哀求道，“再说，你怎么可以对你十七岁遇见的贵人用暴力？”

“你？”她露齿笑道，“下跪着的人吧？”

“算命的说得没错，你确实变聪明了。”

她忽然情绪又低落下来，说：“你说，他算是我今年遇到的贵人吗？”

他对她笑了笑。

她看了看窗外，自语道：“我现在很丑，是吗？”

“你正好可以对他说，为伊消得人憔悴。”广播开始放歌曲。他听了几分钟，说：“不到一个小时了。”

她没说话，他听到她在哭。

“那你当时为什么要提分手啊？”他压着火问，“既然分手是你提出来的，而现在你的所作所为就像被人家甩了一样！坚强点行不行？”

“我也不想这么样，”她居然跟着广播哼唱起王菲的歌，“反反复复，反正最后每个人都孤独……”

他听着她把这首歌唱完。然后他出去抽了一支烟。他看见火车进了市区。

“我想今天我离开他时，”他回来后听她说，“我一定要把这首歌完完整整地唱给他。就是说，分手，其实，我也不想这样。”

“同意加支持。”

她笑了，又埋下了头，低声吟唱起来。

“你哭了？”他用手臂碰碰她。

“没呀。”她抹抹眼睛道，“对了，你不是说有好多人接我们吗？”

“是啊，”他跺跺脚说，“据不完全统计是二百四十七个，到时候会更多一点。”他说得越来越兴奋，干脆站了起来，“全是我FANS，咱俩就走在这支旁大的‘蒋峰方仗队’前面，浩浩荡荡地奔向武汉的街头。”

“怎么说得跟总统竞选一样？”她表示怀疑，“有靓仔吗？”

“有啊，一下车你去挑靓仔，我挑美女，然后我们一人带一个回广州。”

“好啊，”为了配合他，她竟然夸张到鼓起掌来，“不过美女不重要，最好能找个不怕苦不怕累肯打扫你那脏窝的。”

他挠挠头笑了：“一个小小的请求，我得借你的手拉一下，不然我跟他们没法解释呀。

她想了想，道：“好吧，这是手套，你戴上左手，我戴右手，两分三十秒，让每个人看到了你就得松手。”

“好，”他开心地笑着说，“我这么玉树临风，屈就一下让你占下便宜也无所谓。”

“喊。”她扭过头去。

他们下了车他就开始东张西望，等乘客陆续走光了，就剩下他们俩在站台上时他看出她不停地发抖。“你怎么不多穿点衣服？”

“我怕穿多了，让他以为我胖了呢。”

他叹了气：“走吧。”

“人呢？”

“什么？”

“蒋峰方仗队呀？”她笑了。

“可能来的人太多了，进不来。”

他们走到出站口。他看见他朋友正匆匆忙忙向这边跑。他快走几步，拦住朋友的肩膀低声说：“你怎么自己来了？”

他朋友一脸不解。

“我不是让你把你同学和你认识的人都拉过来吗？”

“他们都有课啊。”

“你说周杰伦来武汉不就行了吗？”

“要是那样我怕你会更丢面子。”

“Shit!”他后退几步，和她并排走着。“那个？”他解释道，“因为人太多了，走到半路被警察拦住了，算非法集会。他是代表，溜出来的。”

“哦。”她应道，“你说你是个诚实人还真没错。”

他低头瞄着她的手，抓了几次都被她躲开了。

“干什么？”她警觉地问。

“拉手啊，这可你是你答应我的。”

“你把手套带上。”

“这也可以？”他还是戴上了。

而只她将右手的小指借给她。“你叫他一声。”她说。

“施奇平！”他将朋友叫过来。

“喂，我是他女朋友，”她说，“你知不知道啊？”

“哦，”他朋友更不解了，“我知道了。”

“松开吧。”她低声对他说。

“你不是说一百五十秒吗？”

“那是二百四十七个，”她挣脱他的手，“现在就他一个，他不是刚说他知道了吗？”

他无奈地在十字路口看天边的太阳。

“先去吃点早餐吧，”他朋友说，“一会儿你们打算去哪儿玩？”

“我是来找出版社出书的，”他说，“她非要去逛街，让她自己去好了。”

“你们要解救那些非法集合的同胞。”她笑着说。

“什么？”他朋友开始考虑自己是不是变笨了。

他们进了一家饭馆。上午人不是很多。她盯着钟表默不作声。

“你怎么想起把书给长江了？”他朋友问。

“因为这是我国第一大江。”说完他自己都觉得这理由很好笑。然后三个都没怎么说话。他夹些菜到她碗里。

“吃不下去，”她推开碗说，“我得过去了。”

“今晚回来吗？”他问。

“他要我就给她。”她看见他有点感伤，又拉拉他的手，“我给你电话吧。”

“坚强点，”他说，“过了今天，一切都是新的开始了。”

她点点头，然后对他朋友眨眨眼睛，说：“别忘了解救人质。”

“人质？同胞？”他朋友问，“什么意思啊？”

“爱斯基摩语的音译，”他解释说，“就是说这顿饭得你来买单。”

他朋友大笑起来，说：“对了，你怎么说来就来了？”

“很有可能是因为我想你了，”他说完转回身，“小姐，上两瓶地产啤酒。”

他没再和朋友说话，两个人对着默饮，很快他又要了四瓶。

“少喝点吧，”他朋友劝他，“你还得去出版社呢！”

“出版社？我去哪儿呀？那里谁认识我啊？蒋峰？他谁呀？”

“你过得怎么样？”

“很糟糕。有段时间没钱了，躺在床上四天没吃一点东西，就等着稿费到。”

“你说的，既然选择了这条路，不死就得走下去。”

他仰头喝光一瓶，说：“这回刚有两千块，来回跑这么一趟就得一千。”

“你能不能不再这样？我上次见到你就看你差点为北京一女孩跳江。”他朋友将他酒杯添满，“她来做什么？”

“她刚和她男朋友分手，她喜欢他，或许是曾经喜欢爱他。她说她想来把初吻送给他。”

“这算分手的礼物？”

“嗯，还有一首王菲的歌。”

“那你来算什么？”

他喝了一杯酒，说：“你知道吗？在她面前，我成中世纪的骑士了。”

“那你拦着她呀！”他朋友叫起来，“你不出钱她就用不着来了呀。”

“我说同意加支持。”

“你疯了吗？“

“喝酒吧。”他说着又要了四瓶，他感到眼前有些模糊，后来他伏在桌上睡着了。

下午他被电话吵醒了：“Hello！失去羽翼的天使！”

“你这么老土的名字？”她问，“你在哪儿？”

他看看四周答道：“我在他宿舍。搞定了吗？我们今晚回广州。”她没有说话。他跳下床，看看时间，问：“那首歌你坚持唱下来了吗？”

“我唱了，一句一句的，一点都没哭，就是唱得我都哽住了，我也没哭。我硬是唱下来了。”

“你长大了。”

“我还跟他接吻了呢，吻了五分钟。”她笑了，“我气都喘不过来啦。”

“那算什么呀，我第一次吻了半个小时。”

“你那是戴氧气罩！”她说，“我想好了，我一过十八岁就生个宝宝，这样就不用再谈恋爱了。”

“同意加支持。而且我会主动热情加免费向您提供优良的种子。”

“救救孩子……”

“没有啊，大夫说我最好的基因都是隐性，就是可以遗传给下一代的那种。”

“别逗了。今天就回去？你不是要去出版社吗？”

“我去了呀，不过我发现那里的男编辑不帅，女编辑不漂亮，在那儿出书没前途。”

“你就很帅？”

“至少有人这样说过。”

“自欺欺人，”她知道，“你有韩寒帅吗？”

“这个问题不需要问。”

“有他才华多吗？”

“这个不需要回答。”

“那你还想给本公主提供种子？”她静了一会儿，说，“要是他肯要我就好了。”

“你怎么又哭了？你已经比我幸福多啦，你刚刚跟人家热吻五分钟呢。我只有吻热水袋的份儿。”

“我去找他了。”

“嗯。”

“他不肯见我，他同学起哄把他推过来的。他问我跑这么远来干什么，我说我就是想见见你。我们走了一会儿，我想拉他手，可是他的手一直插在裤袋里。他是有意的，是不是？”

“然后呢？”

“我给他唱《我也不想这样》，没唱完他就让我停住了，他说都跑调了还当个礼物送。我受不了就哭了。可能他也有点动情了，他问我们还能希望复合吗？我说不能，我们互相留个记忆不好吗？”

“之后你们长吻三百秒？”

“没有。我们坐着找不着话说。我说有叶子落到他头上了，我上前就乘机吻了他一下。我说这是我第二个礼物。他生气了，一转身就走了，留我一个人在这儿看落叶。”

“你在哪里？”他提好鞋子，“坐着别动，我去接你。”

“我没事啦，”她笑了，“你那个朋友有没有夸你呀，是不是因为我你今天特有面子？”

“是啊，他笑我怎么带了个么私女过武汉啊？”

“他说我小？喊，我现在只是小魔女第一代，等我十八岁升级为第二代，他就别想小看我了。”她顿了顿说，“是啊，我快十八岁了。”说完她终于放声哭了出来。

他朋友过来拍拍他肩膀，他苦笑了几下。“公主？”

“有何请求，骑士？”

“你有没有想过，可能初吻在你给他之前就已经不是了？”

“怎么可能呀？”

“我是说，可能在你想给他的时候初吻就已经离你而去了。”

“为什么？”

“天啊，”他摇头道，“你要是我女儿我得愁死。”

蒋峰，男，1983年6月17日生于长春，2002年因《比喻，鹅卵石，教育及才华横溢》获第四届新概念作文大赛一等奖。2002年9月考入中国防卫科技学院，次年从该校退学，现居北京。著有长篇小说《维以不永伤》《一，二，滑向铁轨的时光》等。

我打电话的地方

◎文 / 小饭

小饭十四岁那一年早上六点钟就起床，他母亲觉得这很奇怪。在小学里小饭可是老迟到，还是瞌睡大王，为此她去开他儿子家长会的时候没有少挨批评。一上初中这孩子整个人都精神抖擞的。不过这是一件好事情，小饭的母亲这么认为，那天早上小饭临走前她给小饭的书包里塞了一个苹果作为奖励。

吃过早饭后小饭急匆匆地就跨上了自行车，疯狂地踩了五分钟自行车之后在那家杂货店门口把车停了下来。小饭并不觉得这家杂货店的生意原本有多好，但是这几天他要买白胖高就得排队。他其实并不想吃白胖高，他就想在这儿多待一会儿，如果运气不够坏的话，他还能在这个杂货店遇见刘晓玲。

“嘿！亲爱的。”身后突然有个人叫他。

小饭一回头，原来是棒冰：“别这么叫我，怪肉麻的。”小饭说。十四岁的小饭讨厌肉麻讨厌直接。这个棒冰是小饭在球场上新认识的朋友，两个人在球场上配合默契，并很快就在球场上下熟络起来。

“嘻，你在这儿干吗？”

“买一根白胖高吃。”小饭言不由衷而且心虚，此刻就只好把头低下来。不过这一低头却错过了在第一时间看到刘晓玲的自行车经过杂货店的场面。

在这个场面到来之际棒冰抓紧时机吹了一个口哨，小饭也马上意识到他等待许久的猎物已经出现。等他一抬头果然看见了刘晓玲红着脸飞快踩着她的自行车朝学校的方向驶去的情景。

在此时此刻碰到棒冰让小饭懊恼不已，他甚至后悔认识了棒冰这个小流氓。这样他的全盘打算就只能泡汤。从第一次在这儿邂逅刘晓玲开始他每天早上都要在这儿守候，有好几次他错过了，赶到学校才发现刘晓玲已经在三（1）班里面领读英语。几次错过之后使得小饭强迫自己每天都要早起半个小时，宁可多等一会儿，也不能迟了。在这里遇到刘晓玲之后小饭就会让自己的自行车一直跟在刘晓玲的那一辆后面，保持二十米的距离一直跟着，直到进入学校。这样一种上学方式让十四岁的小饭沉迷不已。他对上学的期待要甚于整个过去上学经历的总和。

但是今天可不成了，棒冰在这里他觉得浑身不自在。计划之外的事情总是令人讨厌和郁闷。他一甩头说不买白胖高了。

“人太多了，不吃了今天。”小饭懊丧地说。十四岁的小饭并不会掩饰自己的心情。

棒冰太聪明了，他抓住了这一点。而且作为同龄人，他似乎很了解彼此。

“嘻，你也喜欢刘晓玲吗？”棒冰带着一种揭示事实真相的口吻说道。

听棒冰这么一问小饭的脸马上涨红了。十四岁的小饭还不会否认事实真相，他害羞而且好奇，就问棒冰：“你怎么知道的？”

“嘿嘿，你看，排队买白胖高的人全不买了。”

小饭果然看到那一长串的人都纷纷离开柜台，跨上他们自己的自行车上学去了。

“这太明显了，都是在这儿等刘晓玲上学的小崽子。”

小饭恍然大悟，怪不得最近上学他总是碰到高峰，即便他跟在刘晓玲后面，他身前身后也总是熙熙攘攘，好几次他的自行车还差一点

跟别人的撞上。

“你喜欢她这事儿好办，我跟她就是一个班的！”

“真的吗？”小饭此时已经不再羞愧，因为他觉得他是大众的一分子，不光是他一个人喜欢，看来是有一群人喜欢刘晓玲。一旦个人的爱好成为大伙儿的爱好，就无须再掩饰自己了。小饭用怀疑和兴奋的表情看着棒冰。

“当然啊，这我还能骗你啊？”棒冰肯定地说。

那天小饭一整个下午都在背一串数字，那串数字是中午棒冰告诉他的。棒冰则是从他的一个女朋友那儿打听来的，而棒冰的那个女朋友就是小饭经常看到的跟刘晓玲关系最密切的一个女朋友。小饭首先把那串数字写在手心上，后来又写在数学本上——但这还都不保险，小饭考虑来考虑去，又怕自己不小心洗手，又怕写在数学本上被人家发现，记在脑子里更怕自己忘掉或者记错——最后他在数学本上记下了另外一个号码。这个号码是刘晓玲家的电话号码跟他自己家的电话号码的和，他得意地想，回去他只要把这个数字减去自己家的电话号码就能得到刘晓玲家的电话号码了。

他用修正液涂掉了那个刘晓玲家的电话号码。涂掉的时候他在想他为什么要怕人家看到这个号码呢？真是不可思议。不过这样也好，现在这个数字更像一个密码，而且是一个把自己和刘晓玲联系在一起的密码，这样一想他又开始高兴起来了。

就是这一天晚上，他决定不再等待刘晓玲，准备自己先回家。他觉得自己要作一些准备。比如说要是刘晓玲妈妈接电话他该怎么说，刘晓玲爸爸接电话他又该怎么说。这些都是必须要准备的，总不能说“我喜欢刘晓玲，我要跟她打电话”这样的话吧？十四岁的小饭还不知道巧言令色，也完全不懂得掩饰自己的真实想法。

做好了这些准备（他打算冒充棒冰，十四岁的小饭还是挺阴险的），他就开始做那个减法。再一次得到了那个令他激动的号码之后，他算准了这时候刘晓玲也该回家了。

电话铃在那头嘟嘟嘟地响着，小饭这一头的心跳远比电话铃声音更大。十四岁的小饭非常粗糙，他做好了刘晓玲爸爸接电话的准备，做好了刘晓玲妈妈接电话的准备，但是竟然没有做好刘晓玲接电话的准备。

“喂。”电话那一头是一个青春少女的声音，没错一定是刘晓玲的，她的声音就像她的脸蛋一样甜美。

十四岁的小饭开始结巴了，他很想说出自己是棒冰，想问问今天晚上数学老师布置了一些什么作业，但他知道这个把戏会在他说出声的那一刹那被识破。棒冰那由于过早发育而沙哑的喉咙刘晓玲不会听不出来。小饭张开嘴但发不出声，拿着话筒的手还在哆嗦。对方传来第二声“喂”的时候小饭已经不觉得那声音甜美动人了，因为他感觉不到，他强烈的心跳就如同心脏是长在他耳边一样阻碍了他辨识其他声音是否甜美的能力。

小饭匆忙间就把电话给挂了。他挂了电话后觉得自己连走路的力气都没有了，他呆呆地看着电话机，心脏还在剧烈地跳动，他开始觉得电话机也在跳动。他开始觉得自己是干了一件很严重的事情，他事先完全没有意识到这件事情的严重性，他没有料到这个电话会让他如此激动不安——他觉得这件事情比自己那天早上趁没有人闯进女厕所一探女厕所的究竟那件事情还严重！

十四岁的小饭接下来开始产生科学的幻想。他不知道从哪儿听来的有一种叫做可视电话的东西，会在你接电话的时候看到跟你打电话的那个人。小饭想起这么一个玩意儿的时候简直把自己吓坏了，连忙从电话机前退了三步。这还不够，他马上又弯下身子躲到了床底下。他把自己的头埋了起来，还用自己的双手放在脑袋上。他一直讨厌床底下那些灰尘总是扫不干净，此刻却完全不顾。小饭只觉得他的面前一片昏暗，过了几分钟他才终于沉静下来。

“要是她家里装了这个东西，我们家一定也会装。”小饭做着这样的推测，“而我们家没有装，所以她家也不会装吧？”小饭最后心存侥幸，开始安慰自己。小饭就是从十四岁开始学会安慰自己的。接着他就从自己的床底下爬了出来，照了照镜子，发现自己灰头土脸的，然后就笑了。

小饭虽然笑了，但是心中却蒙上了一层关于给刘晓玲打电话的阴影。在后面的有一阵日子里他都不敢再去排队买白胖高。

只有棒冰在暗地里帮他，给了他一张刘晓玲的照片，是从他们班级的集体照上面剪下来的。那一小片“刘晓玲”安慰了小饭十四岁到二十岁整整六年的时间。看上去小饭上学的时候总是阴郁着脸，没有好心情，可一到晚上在他的房间里，做完功课他就开始兴奋起来，脸上浮现出一种变态狂的笑容，然后用那一小片“刘晓玲”在他脸上抹啊抹的。小饭从十四岁那一年从身体和心理上都学会了如何安慰自己。

小饭进了高中还是能经常见到刘晓玲，这都是在棒冰情报工作的帮助下才取得的成果。小饭精准地预测了刘晓玲的考分，对刘晓玲的志愿就更了如指掌了。他也成功地控制了自己的考分（他在中学时期几乎是一个天才）。在高考中他也如愿以偿，当然要是能让他们俩在一个大学的同一个系对小饭来说就更完美了，不过小饭也没有抱怨没有遗憾。

二十岁的小饭并没有比十四岁的小饭更加成熟和勇敢。他始终没有对刘晓玲表示过爱慕之心，而打电话就更难了。十四岁那一年的惨痛教训小饭每一个晚上都要回味一番，最后在那一小片“刘晓玲”的安慰下小饭才能甜美地睡着。

事实上刘晓玲早就开始注意到这样一张熟悉的面孔，但是出于一个女孩的害羞或者说是矜持，她也没有找过小饭。二十岁的刘晓玲要比她十四岁的时候更动人，几乎每一天都穿着令人想入非非的裙子——夏天穿丝的，冬天穿棉的。上了大学小饭总是在暗地里借机找到与刘晓玲见面的机会，但也仅限于见面而已。在食堂里他们一前一后当中隔着两个人买饭；在自修教室里刘晓玲坐在第一排而小饭总是出现在教室的最后面；放假期间回家他们俩也能出现在同一辆公共汽车上……

事情的转机还是在于小饭。二十岁的小饭始终不同于十四岁的小饭，对于刘晓玲他开始有更多的渴望。相比较那一小片终于被渐渐磨损的“刘晓玲”，小饭更注意多多收集任何有关刘晓玲的东西。光是刘晓玲从初中开始的练习本小饭家里就藏了厚厚一叠，还有刘晓玲使用过的空的修正液瓶子小饭也保留了好几个，刘晓玲在高中遗失的那一只发夹也在小饭这里……这些都已经无法满足小饭的欲望。

那些令人想入非非的裙子率先令小饭想入非非。小饭决定在一个深夜去偷一件刘晓玲晾出来的裙子。事情就是那么凑巧，如果刘晓玲不是住在一楼，如果刘晓玲不是住在最靠操场的那个寝室，小饭的这次行为也将仅仅局限于构思。当然小饭决定办到这件事情，一旦二十岁的小饭下了某一个决心那二十岁的小饭就将无所不能，但他总是没有下决心去向刘晓玲当面表白。这可能还是那一次十四岁给刘晓玲打电话失败所留下来的恶劣阴影。

那不是一个夜黑风高的夜晚，相反，那一个晚上十足应该是一个情侣们幽会的时间。但是十二点过后女生宿舍关上了门也关上了灯。等那些女生们沉沉睡去，小饭就要开始他的行动。二十岁的小饭说起来还是勇敢了一些，只是不在感情上。他埋伏在操场的另一头久久地看着对面刘晓玲的那一幢寝室楼。这当中他抽了两根烟，做好了一切准备——万一他被当场逮住他都做好了“牺牲”的准备。他不知道这会是一个什么罪名，流氓罪还是偷窃罪，就如同他不知道他在十四岁的那一年他做错的是什么。

现在他终于要动手了，他敏捷地从地上爬起来，又试了试他跑起来有多快。今天他穿了一双高科技的运动鞋——这就是他所作的准备之一。他缓慢地靠近那一幢女生楼，东张西望，呼吸也小心翼翼。在

女生楼边上有一盏路灯，这并不是小饭所介意的，相反这让小饭能更清楚地了解周遭的形势，要是远远地有人路过他也能提前做好准备。这大学校园半夜里经常神出鬼没，今天要多算上小饭这一个。

这是他几个晚上终于盼到的一天，那就是刘晓玲终于在夜里晾出了她的裙子。那条绿色的丝裙一直以来都是小饭盘算中的猎物。这时候他已经顺利地潜到了女生楼刘晓玲住的那一间那个窗口下，要想成功，小饭只需要伸一伸他细长的手臂。在路灯光亮的照耀下小饭的手臂就像一根竹竿，而且就像竹竿一样管用。小饭现在的心跳就如同他六年前的一样剧烈，由于这六年小饭的身躯飞快地生长，心脏的跳动也更为有力。很可惜，在事情即将成功的刹那还是因为一个小疏漏把小饭的全盘计划给毁了。二十岁的小饭还是没有做好一切准备，比如说，他忘记把自己的手机给关了。

他当然没有想到这个夜里会有谁给他打一个猝不及防的电话。不知是为了让手机的铃声马上暂停，还是条件反射，小饭下意识地就把那马上就能够到刘晓玲绿色丝裙的细长的手臂收了回来并且接了电话。

小饭不敢出声，倒是那个给小饭打电话的人非常干脆：

“我是刘晓玲，你想干吗？”

小饭第一反应马上伸出自己的脑袋看了看窗户里面昏暗的寝室。

“别看了，里面黑糊糊的你什么都看不见。”刘晓玲又说。

“噢，对不起对不起……”小饭就像一个有教养但犯了错的孩子那样连连道歉。

“你是小饭对吧？”

“嗯……”

“我出来咱们见个面吧。”

“呃……好的啊。”

“那我们在哪儿见面？”

小饭现在的心情复杂得实在无法找到一个词来形容，不过有一种情绪已经在悄悄滋生，那就是愉快。

“嗯，”小饭露出了他二十年从未露出过的奇特笑容，他抬起头看了看这美妙的夜空，又侧过身看了看那盏明亮的街灯，“就在现在我打电话的地方吧。”

作者简介

FEIYANG

小饭，1982年生于上海，获第二届新概念作文大赛二等奖。2004年毕业于华东师大哲学系。出版有短篇小说集《不羁的天空》《毒药神童》，长篇小说《我的秃头老师》《我年轻时候的女朋友》《蚂蚁》，台湾繁体字版《我的秃头老师》。

第 2 章

阡陌红尘

桃之夭夭，灼灼其华。之子于归，宜其室家

公主，小公主

◎文 / 吕伟

我坐在 1301 次火车上去往满洲里。很多次我都在想火车会不会这样一直开下去，开到一个陌生的我从来没有听说过的地方，可是沿途的风景却总是那么似曾相识。我渐渐明白这是一列平凡得不会出轨不会有意外的火车，就跟我现在从事的工作一样，不需要太多的热情和诗意，也没有令人期待的意外，甚至，连最低调最内敛的真性情都不需要。

可是我知道以前的我不是这个样子的。那个时候我的生活里充满了意外和惊喜，就连一阵风，吹过我身边的时候也会发出猎猎，或是筚拨的声响。那个时候我去了很多很多的地方，没有一列火车把我带到一个乏善可陈的地方。我抵达那里，我的内心里就不再荒芜，我甚至能看见陌生的人们一起微笑着站到我身旁，他们说，火子，欢迎你。

我出生在宜昌，在武汉念书，户籍在北京，可是工作在满洲里。一年里面我分别在这四个地方待不同的时间。到现在我不知道我去哪里算是回到了家。我想我是在路上走着走着，就把对家的感觉走丢了。

这真是一件让人痛心的事情。以前我是一个多么爱出门的人啊。

菩提树下。万劫不复。

我常常在漆黑的夜里睁大双眼，我一遍一遍地问自己，亲爱的火子，那个白衣飘飘的年代，真的已经一去不回了吗？

然后，黑暗中我听见自己无奈而沧桑的气息：真的，一去不回。

在 1301 次火车上，我身姿矫健，轻轻一跃，就爬上了上铺。正准备躺下，一个面善的阿姨走过来，她笑容和蔼，语气委婉，小伙子，帮我把这个蓝色的皮箱放架子上，好吗？

行。我一边答应着一边已经侧过身子，伸出手来准备接住她那个看起来挺沉实的皮箱。

贤雯，快帮我一把。阿姨一边吃力地举着，一边招呼一个刚刚走近来的少女。

箱子搁好之后，阿姨长舒了一口气，她冲我感激地一笑，说，谢谢小伙子。然后，又冲着背后的少女说，快谢谢这位哥哥。

谢谢哥哥。她脸色绯红地说。

应该的。我说。可是那时候我在想什么呢。我看着这一对善良又礼貌的母女，她们大概是满洲里人，要不怎么会拎了那么多的北京特产呢，而且她们说话的口音也像极了满洲里人，带着呼伦贝尔草原的豪爽劲儿。可是这些都不重要，重要的是，她们刚才叫我什么来着？——姨说，小伙子；少女说，哥哥。

小伙子。哥哥。小伙子。哥哥。小伙子。哥哥。我看到少女清澈无比的眼瞳，那是一双深灰色的来自遥远的达赉湖的眼睛。可是，为什么我的脑海里，却闪现出另外一个少女的眼睛呢，她那时候和眼前这个叫贤雯的女孩子差不多大，高中生，都剪一头清爽的短头发，耳朵上还来不及打许多的耳洞，甚至，她们跟陌生人说起话来，连羞赧的笑容都是一模一样的。

可是，她那时候说，其实全世界的少女都是一样的，她们是一样的善良，一样的美丽。多么精妙的话。她从来都是个聪明的姑娘。这个，我不是第一天才知道，是吗？

但是火子是很愚笨的一个人呢。至少要比她愚笨很多倍很多倍。

这样的事实，我却是很久以后才知道。

那时候我还很年轻。我以为我一伸手就能抓到天上的云朵，一跺脚就能引起一场地震，一个笑容就能感化全世界。我随便拿一本课本就敢听学校里最有名的教授的课，我在底下冲那些刻苦的同学挤眉弄眼，完全是漫不经心的样子，可是，轮到有考试的礼拜周，我却连最肮脏的草坪都敢坐，我躺在上面暗无天日地背诵最乏味的名词解释，或者拿一只钢笔不停地算啊算，那劲头似乎要把哥特巴赫猜想都给做出来，直到墨水用光。每天傍晚我都拖着疲惫的身躯回宿舍，沾着泥土和草尖的脏屁股就在大庭广众之下招摇，一点都不知道羞耻。

但是那时候我的成绩却出乎意料的好。也许是有我最喜欢的高等数学，而头疼的力学课还未开课的缘故。后来我发现我的成绩单上，微积分、概率论和数理统计，还有线性代数，凡是跟数学有关的课程，统统在九十五分以上,无限接近满分。我为我如此骄傲的数学得意忘形，所以，我怎么能容忍聊天室里有人埋怨高中数学是多么多么难学呢?数学不是天底下最美妙的学科吗?再说，她还是一个理科生呢，如果上帝规定每个人只能喜欢一门学科，那文科生喜欢哲学，理科生喜欢数学，不是天经地义的事情吗?

于是，我用一种调侃的口吻在后面跟贴道:小朋友，如果你每天做十道数学证明题，你会发现数学比你爹娘还亲。

可是她是个不依不饶的人呢。她马上说,可是我怎么就越做越恨呢，数学都快成我的杀父仇人了。我总不能认贼做父吧。

真是一派胡言。我扑哧一声笑起来。当然，我笑起来的样子她是看不到的，朋友都说我大笑的样子不好看，特别狰狞，不像我的微笑，看起来特别温文尔雅，是典型的南方男孩子的笑容。后来我在公众场合就不张口大笑了，每天保持笑不露齿，要露也只露八颗，比饭店的男侍还职业。

那每天做二十道试试。说不定物极必反，因恨生爱。我向她建议。

你想间接谋杀啊。十道都差点要了我的小命，二十道？我都死无葬身之地了。

我终于忍不住大笑起来。管他呢，狰狞就狰狞，反正对着显示屏，也没人能吓死。笑完了之后，我下意识地看看同宿舍的同学，他们都戴着耳机，要么在打游戏，要么在十指翻飞，火辣聊天。大家各忙各的，没人注意到我。真是网游和网恋盛行的年代，这说法一点都不假。

你叫什么名字？我觉得这个不喜欢数学的女孩子其实还挺可爱的。

你自己看 ID，很长是吧，因为那是“怎样学好数学”的拼音，我朋友都叫我清麦。

清麦。我在心里重复了一遍，迅速打了一串字符过去：清明节的麦子？

意料中的怒火图片。可是她怎么能发完图片就消失得无影无踪了呢。她生气了吗？就因为我说她是“清明节的麦子”？可是清明节的麦子有什么不好，熬过了寒冷的冬天，正在使劲长高，而且还没有抽穗，绿油油的，正是麦子的大好年华。难道非得等到夏老穗黄，坐等收割？我一边不服气地想着，一边却有些着急，她要是真走了，我是不是也该从聊天室里退出来呢。

最终我并没有从聊天室里退出来，过了一会儿，她发过来一个抱歉的图片，她解释说去拿一道做不出来的数学证明题去了，想向我请教，可是拿过来却不知道怎么用键盘把那些怪异的符号打出来。

我说，要不等会你打我宿舍电话吧，你口述，我心记，保证十分钟帮你做出来。

你能行吗？她有些不相信。

这点信心都没有，你大哥我怎么考的大学？

好吧，就相信你一次。就算你是某某第一华罗庚苏步青陈景润第二宙斯耶和华玉皇大帝第三。她接着问道，那么，你叫什么名字？

火子。

哦。挺奇怪的名字，我只知道海子。我估计你们水火不容。

别瞎说，他可是我的偶像，我挺崇拜他的。不过，你知道我为什么叫火子吗?

为什么?

因为这样每一个陌生的人在街上跟我说话，叫我小伙子的时候，我都觉得是在叫我的名字。

小伙子真聪明。她发过来一个嘻嘻哈哈的笑脸。

可是你不能叫我小伙子，你应该叫我火子。

为什么?

因为你不是陌生人。

我的清麦真的就不再是陌生人了呢。那天下午她打电话过来给我念数学证明题，我听到她那端的音响轰得厉害，于是赶紧要她关了。但我没想到她念给我的是一道全国数学奥赛题，十分钟里我居然一点头绪都没有，情急之下，我只好厚颜无耻地用上了大学数学里面的柯西不等式和拉格朗日中值定理，好歹将它做了出来。半个小时之后，她打电话过来，我惴惴不安地问道，你们奥赛班有提前学习大学的数学课程吗?

她哈哈大笑，说，我骗你的！这根本不是什么数奥题，这是我从爸爸的书橱里翻出来的高等数学里的题目。

如果你看到我当时的表情就好了，我把嘴巴张得老大，里面足足可以塞进一枚熟鸡蛋。我没想到我都念大二的大人了，居然会被一个刚念高一的小女生捉弄。不过，大概是为了安慰我，她夸奖我在“这么短”的时间里居然能把一道来历不明的题目做出来，也足以说明我声称值得骄傲的数学所言不虚。

真是一个鬼灵精怪的丫头。我苦笑。

小伙子，笑完了，她突然认真地问我，你觉得大学生活，有意思吗?

挺有意思，我告诉她，如果你把学习和生活协调好，你会发现大学就是 heaven，天堂。

我知道她这样的高中女孩子都是很向往大学生活的。为了向她表明熬过了高中苦日子就算到了头，我告诉她我们学校里有座珞珈山，旁边有个比西湖大十倍的东湖，没事的时候我就爬爬山，游游湖，日子过得比神仙还要惬意，我还说大学里有一群和我一样喜欢疯疯闹闹的朋友，我们有事没事就一起出去轧马路，朝那些看起来很美丽的女孩子吹口哨，直到有一天她们中的一些成了我朋友的女朋友。

真羡慕你们，她说，可是我从小到大都生活在大学校园里，怎么就一点也不觉得好玩呢。

你是在大学里长大的呀。我有点意外。

嗯，我爸爸是这所大学的物理教授。从小到大，我在幼儿园、小学和中学里上学，上完了学就回我在大学里的家。我都觉得我的生活除了校园，空荡荡的，什么都没有。

可怜的孩子。听了她的话，我一时间找不到合适的词来安慰她。

所以啊，她看起来并不介意，接着说，我要是念了大学，就天天逃课出去玩，去乡村，去很多小地方，越没人知道的地方越好。

我突然发现清麦这个小丫头跟我一样的想法，她并不是一个简单的女高中生。她的嘴里，就像变戏法似的，能源源不断地跑出很多我做梦也想不到的话语来。而且，她的数学也并不是不好，只是她严厉的父亲，希望她能更优秀罢了。

我们很开心地聊了一会儿，我们聊得还挺多，天南海北的事情都聊到了。其实清麦懂的东西非常多，不愧是教授的女儿，比我念高中那会儿有出息多了。聊着聊着我想起她刚才播放的音乐，旋律很有些熟悉。于是问她是什么曲子。

Casablanca。她说。

什么？

卡萨布兰卡。

我猛然想起我是看过这个电影的，一部发生在摩洛哥北部城市卡萨布兰卡，反映 1941 年二战时期的电影。影片从头到尾充满着危险的异国情调，男女主角在乱世重逢，沧桑和娇柔，各自都有着身不由己的无奈和矛盾。我是大一的时候在宿舍里和朋友们一起看的。

挂了电话之后，我在网上搜索到这首叫《卡萨布兰卡》的曲子。我听到贝特希金斯用他那浑厚而有磁性的嗓音唱：

I fell in love with you watching Casablanca
Back row at the driving show in the flickering light
Popcorn and cokes beneath the stars
Be came champagne and caviar
Making love on the long hot summer’s night

就这一首曲子，我听了一个下午，到暮色四合的时候，我发现我喜欢上了它。不，不仅是喜欢，而是痴迷，长久的痴迷。

那天天气真好，天很蓝，云朵很白，不远处的碧绿湖水荡起涟漪，校园里的银杏树叶子在微风里"噗噗"作响。我想，这真是我听过的最好听的曲子。

清麦并不叫我火子，她任性地叫我小伙子，好像我就是站在马路上随时等待别人问路的年轻人，而她是不幸迷失了方向的老大妈。如此居高临下的口吻真叫人受不了，不过时间长了，我也就习惯了。而且，谁叫她是北京人呢，她说在北京被人叫小伙子至少说明人还长得过得去，不然站成木乃伊也不会有人上前搭讪。她这么说，似乎被人问路也是一种荣幸。听了她的话，我不知道是该高兴还是难过。

为了心理平衡，我就叫她小麦子，不管她怎么抗议都没有用。

小麦子小麦子小麦子。她越是把嘴巴撅得老高我就越是叫个不停。

我们两个最初的斗争就是这样的：她坚决要做我的长辈，而我固执地想让她做我的贴身丫鬟。除此之外，我们交谈得很融洽，不论是在 Q 上还是电话里。我们俩就像是认识了很久的朋友，随便说一些什么话，就能得到对方的共鸣。

只有一些时候例外，就是当她谈到她当教授的爸爸和在农科院工作的妈妈的时候，她会变得有些落寞，她弄不明白她的生活里为什么总有躲不开的一件事，那便是，她父母长久关系不和。

你知道高级知识分子是怎么吵架的吗？有一次，她问我。

怎么吵的？我很好奇。

要么我爸爸不停说，我妈妈一言不发；要么相反。总之，一个极冷，一个极热，从不针锋相对。

那倒是奇怪了，我说，那架怎么能吵起来的？

能啊，要知道，冷战比直接交火杀伤力更强，熟视无睹比唇枪舌战更残酷。我在电话这头听着清麦说到这完全是一副严肃的样子，完全没有了刚才的活泼和幽默，突然觉得这样的清麦真可怜。于是，我赶紧转移了话题。好在小麦子是个天生的乐天派，不一会儿，她又开始用正宗的北京话跟我贫了。

她问我，小伙子，你知道吗？我有一个小小的理想。

那么小麦子，这个小小的理想是什么呢？

就是啊，她认真起来，在北京迷笛音乐节的时候，和其他人一样，在朝阳公园的草地上搭个小帐篷，露营一晚。

真不错呢，我也想这样。我拍了拍胸脯，继续说，指不定半夜醒来还能看到天上的星星。

可是，这个小小的愿望，却一直都没能实现。

为什么呀小麦子。

不为什么，就因为他们不让。

我笑起来。我告诉她，小麦子你还小，你还只有十六岁，等你长大了，长到不需要大人操心了，长到身边有人陪了，你就可以在草地上睡小帐篷了。

那么小伙子，等你来北京了，我是不是就有人陪了？她突然说道。

我听着电话那头小麦子稚气未脱的声音，突然就不知道说什么好，我说什么好呢，我要不要告诉她，就算我到了北京，那个陪她的人也一定不会是我。可是，为什么我犹豫了半天说出来的话，却只是这么一句：小麦子，别担心，你会有人陪的，你会睡成小帐篷的。对不对？

我们的交往就这样波澜不惊，直到有一天，她突然对我说，我听说某年某月某日，武汉将发生重大事件。

什么重大事件？我惊诧，武汉今年没洪水，也不处在地震带，甚至连世贸大厦都没有，难不成中央终于决定从北京迁都了？

想得美！她在 Q 里发来一个顽皮的笑脸，你等着瞧好了！

好啊，我轻描淡写，然后来句北京腔：要是那天没重大事件，我抽你丫的。

清麦来信了。

原来这就是她所谓的重大事件。我苦笑，果然有东西从北京“迁”到武汉来，北京人可真能折腾的。

她写信给我说她的胖同学和她喜欢的帅哥同学的故事。

她说胖同学是她的闺中密友，她俩常常互相打掩护逃掉该死的体育课，然后跑到外面去看刚刚公映的电影。只是有一次，她刚从乒乓球室蹿出来，突然被体育老师逮个正着，老师问她去干啥，她的脑子还没转过弯来呢，居然脱口而出：看《英雄》！可落伍的老师还真以为学生是去医院探望战斗英雄老革命呢，竟然将手臂一缩，吩咐道：快去快回！在冲出了教室很远之后，她才想明白老师为什么要这么做，于是，人家张艺谋的悲壮大片也就不幸地被她们看成了喜剧，她在电影院差点笑岔了气。

可是胖同学就没有这么幸运了。在听说了清麦的际遇之后，她如法炮制，结果等来的是体育老师的一声大吼：英雄们都很坚强，没那么容易挂掉，下了课再去看！

我想要是清麦能看到我看信时的样子就好了，我笑得剑拔弩张肆

无忌惮天翻地覆，脸上的肉都挤成了一团，好像整个世界都是我的那样子。

她说帅哥同学是他们班女生的大众情人，她在心里是这么描述人家帅哥的："他头发是天生的自然卷，眼睛很大很圆，鼻子很挺，皮肤很白，个很高，手指很长，一看就知道钢琴过了十级……当然，这还不是他最帅的原因，最主要是他永远都是那么彬彬有礼，从来不生女孩子的气，是个难得的小绅士。"

可是，写着写着，她怎么就扯上我了呢。她说每天看到小绅士她都会想到我，因为我们的脾气都是那么温和。我们的眼镜都是宽边黑框，我们的个儿都挺高。而且，我们的数学都很好，我们都喜欢在大庭广众之下做证明题，然后会骄傲地转过黑板接纳老师欣慰的目光，再然后一脸傲然地回到自己的座位上去。

哎呀呀，这是什么话。如果你能看到我的脸，你会发现我的脸比苹果还要红，不不不，苹果红是形容女孩子的脸，我的脸应该是——夕阳红。对对对，一张不再那么那么那么年轻的年轻男人的脸。

可是我想自己是那样的吗？我的脾气真的那么温和我怎么一直都没有发现。

她还告诉我说，在他们 M 大附中读书的学生个个身怀绝技，要么才华横溢，要么聪明绝顶，要么大智若愚。所以，小绅士就像是上天派到他们班来的小王子。

我想，小麦子是属于哪一类的呢。不管属于哪一类，她都是高傲的小公主，而我，永远都只是一个穷学生，不可能是她的王子。

清麦在信里还夹了一张在篮球场照的照片。照片上的她，笑容灿烂，眼睛比 Q 视频里的还要大，头发比我的还要黑，而且，那天大概是在打比赛，她怀里抱着拉拉队员舞动的大红狮子球，整个人看起来就更加小，完全是一个小妹妹的样子。看着她的照片，我突然觉得有些恍惚，十六岁，一个多么美好的年纪，我在这个年纪还独自去了三峡大坝玩，可是转眼之间，四年就过去了，二十岁的我，虽然还是那样没心没肺，可是怎么都不再是无忧无虑的了。

我坐在学校里最高的教学楼里给小麦子写回信。

我告诉她，我是大学班里面唯一一个用钢笔写字的人，而且，我固执地使用上海墨水厂生产的“英雄”牌蓝黑墨水。算算，从十二岁到二十岁，居然已经用了八年。

你真是个坚持的人，后来她在Q里说，我喜欢坚持的人。

我和小麦子就是这样保持着最纯洁最美好的关系。她十六岁，我二十岁；她高一，我大二；她古灵精怪，我自作聪明。我们就像是两条迷失了方向的平行线，不知怎地就有了交点。这交点，它仅仅存在于虚拟的空间里，但我们，乐此不疲。

不知不觉就到了暑假。

大二暑假我没有回家。我想去湘西凤凰，但是我没有钱。我给家里打电话说我要参加新东方英语的培训，然后跑遍了武汉的大街小巷去寻找一份工作。当我筋疲力尽地跑过汉口跑过汉阳最后沮丧地回到学校附近的街道口时，我突然看到一家有名的房地产公司在招收宣传人员，他们即将开盘的楼盘叫做“碧湖华庭”。那一瞬间我像是抓到了一根救命稻草。

你是哪个学校的？他们问我。

武汉大学。

什么学院呢？其中一个长得挺漂亮的女孩抬起头来。

土建学院。

那好，明天你就来上班。她说。

后来我知道那女孩是刚刚从复旦中文系毕业的高材生。那一天里她一共招收了十几个和我一样打假期工的大学生，大多数是我们学校的，但土建学院的学生只有我一个。第二天一大早去散发印有宣传广告的画册，她把我们分成两组，我刚好在她率领的那一组。她念完名

单后凑到我身边，笑嘻嘻地对我说，有你这个建筑系的科班在身边，我的心里踏实多了。

原来她对于自己的第一份正式工作也有些忧虑。我当时想告诉她其实武大的土建学院和单纯的建筑系是两码事，可是我想了想，还是什么都没说。跟一个天才文科生讲理工科的事情，就跟她跟我们讲左宗棠是怎样收复新疆的一样，彼此是怎么也不会懂的。

于是整个暑假里我们都在她的率领下马不停蹄地奔跑，但是我们的工作却并不艰苦，我们就是到那些古老的即将拆迁的小区里挨家挨户发广告画册，不放过每一个可能在近期换房的住户。大部分主人都会云淡风清地接过资料后礼貌地送我们出门，只有少部分热情的人会留住我们问这问那，问到户型等专业性问题的时候她就会闪着那双清澈的大眼睛求助于我。我一边不紧不慢地给住户解释完，一边听她在背后毫不吝惜地说，小子，你真行。

武汉夏天的中午一向热得离谱，下午三点我们接着上班，出发之后她就会把我们带到一个小巷子里吃西瓜。我们每一个人都吃得力拔山河豪情万丈，大概是和她的关系混到了比西瓜还熟的地步，我们吃着吃着，最后竟把她的尊称给吃掉了，从此不再叫她“小王姐”，而是直唤“美女”。她欣然接受。想想，她本来也比我们大不了两岁。不过她毕业了，我们还在读罢了。

美女对我们很照顾，她常常在刚刚四点的时候看到谁的画册还很多，就会主动拿一部分过来，然后自己去发。我们都知道她发一天画册得到的报酬是一百五十多，而我们工作一天，才能得到她的六分之一——不过我们都很满足，因为我们每天工作的时间加起来可能还不到四个小时。她总是想方设法地让我们迟到早退，或者，在工作的时间里吃西瓜，喝冰水，甚至到一个不可能撞到同事的小树林里，和我们胡扯乱扯，说一些跟楼盘沾不上一点边的话。这样，日子一点都不像武汉人叫嚷的那么难熬，而是过得飞快，“唰”的一声，一不小心就过去了。

等把这些事情忙完了，我就去凤凰。有一天，又是在闲聊，她漫不经心地说。

湘西凤凰？听到这里我的心里突然“咯噔”了一下。我看着她那张还带着孩子般天真无邪的脸，突然冲动地告诉她，我来“碧湖华庭”，就是为了挣两张往返湘西凤凰的硬座车票，而现在，只要再坚持一个星期，我就可以如愿了。

真的吗？她惊喜地叫起来，声音里充满了意外：你可以等我吗？我们下个月放假，到时候我们一起去。

求之不得，我说，同时调侃道，那我在凤凰的花销呢？

放心，全部是我的。没等我反应过来，她爽快地说道。

可是我最终并没有去成凤凰。一个星期之后，我欢天喜地地去财务科领了工资，七百五十元，我长这么大挣的第一笔比较可观的钱。我想除了车票我还可以在凤凰带点小东西回来。我一步三跳地从美女所在的企划部经过，她看到我，比我笑得还要灿烂。然后跑出来，乐呵呵地看着我，我想我捏着人民币舍不得塞进荷包里的样子一定很好笑，不然她怎么扑哧一声笑起来了呢。笑完了，她把眼睛睁得老大，多么清澈的眼睛啊，我突然想起一个人。那个人也有和她一样清澈的眼睛。湖水般清澈的眼睛。我正在发愣，她突然拍了拍我的肩膀，说，你别忘了我们的约定啊。

怎么会忘了呢？我回过神来，告诉她，这段时间我就在宿舍里看书，待她一放假，她就可以打我的宿舍电话，然后我们一起去凤凰。

回学校的路上，我满心里都是欢喜，我想我是一个多么幸福的人啊。在炎热得一塌糊涂的武汉的夏天里，居然可以去我一直梦寐以求的古城凤凰。而且，与我结伴而行的，还是一个如花似玉的美女。和她在一起，我想就是火车硬坐，也一定能坐得赏心悦目如沐春风，就跟坐舒适的飞机一样。

我从 602 路公共汽车上下来，满不在乎地闯过了学校门口的斑马线，我甚至跳起了可爱的“王子步”。什么是“王子步”呢？就是迈一步左腿，迈一步右腿，然后右腿跳一步，再迈左腿……如果你心里有节拍的话你会觉得连走起路来就跟跳舞一样，而且非常地轻盈好看——但是“王子步”只有我一人知道，因为它是我发明的。我旁若无人地跳着“王子步”，全然不顾周围人好奇的目光。

一二一。一二一。一二一。

等等。拦在我前面的女孩是谁。她站在“国立武汉大学”的牌坊下面，就像一堵突然长出来的墙。我有些恼火，情不自禁地停下了脚步。

请问，她结结巴巴地问道，你——是不是——火子？

我看着前面这个稚气未脱的小姑娘，突然从领了工资的兴奋里苏醒过来，我发现韩剧里难以置信的情节活生生地在我的生活里出现了，这个神情兢兢但是眼瞳清澈无比的小女孩儿，她不是清麦是谁？

你是——小麦子！我大叫起来。

啊，小伙子，真的是你！我还以为我认错人了呢。她一边用更响亮的分贝尖叫着一边往我的怀里钻。她的小脑袋真尖，戳得我的肩膀一阵阵发痛，我用了好大的劲才把她从我的怀里拉出来。不过她依然不依不饶地把左手穿插进我的右手里。她的手真小，还很软，完全是小娃娃的手，她大概生怕一不小心就会从掌心里滑出来，把我捏得紧紧的。

小麦子，你怎么会在这里呢？我握着她的手，我们一起往校园里走。

请你不要叫我小麦子，我叫清麦。她认真地说。

好的，我的小公主。我笑了，那么也请你别叫我小伙子，我叫火子。

你叫火子对吧，你年纪不大对吧，那么你就叫小伙子。

我苦笑。这样古灵精怪的小孩子，我真是拿她没办法。不过，她要叫我小伙子就让她叫吧，我照样叫她小麦子。清麦清麦，多么别扭的名字，只有她一个人觉得好。

我们走了一程，我突然想起来她还没回答我的问题呢，于是再问了一遍，小麦子，你怎么会在这里呢，你不是在参加补习班吗？

她的神色突然有些遮遮掩掩,我们放假了呀,所以我来武汉看看你。

我正要继续问下去，她突然转过身来，蹿到我前面，一本正经地对我说，小伙子，如果你的脸上没有青春痘，如果你的眼睛再大一些，如果你的鼻子再挺一些，如果你的头发再有型一些……你还是很帅的。

我哈哈大笑。我说，如果我去整容的话，我一定会变得比金城武还要帅。

我曾经听她说过，她认为金城武是世界上最好看的男人。当然还有吴彦祖。她说金城武和吴彦祖是那种神气而邪气的好看。笑一笑，嘴角翘起来，天和地都要倾斜起来了，这样的男人是专门用来迷惑女人的，也是专门用来让女人疼的。很难想象这样的话出自一所著名高中的女生之口，可是清麦就是这样的人，想到什么就说什么。也许他们这一代人都这样，个性张扬特立独行，不似我们那一代，念高中的时候比榆木疙瘩还要老实，把老师的命令当圣旨，成天说些几百年前的人都会说的话，写些现代版的八股文。

那我呢？我问她。

你是无邪的好看。她想了想，才说。

过了一会，她又蹦出一句：可是你怎么比照片上还要瘦，你是不是肉吃少了？

清麦千里迢迢地从北京赶来武汉看我，这是我做梦也想象不到的事情。我兜里揣着还带着别人体温的七百五十元人民币，想想，请她吃几顿好点的饭还是不成问题的，因此直接带她去学校里面最好的饭店吃武昌鱼。快走饭店的时候她停下了，问我是不是带她去吃饭。

真是聪明的孩子，我想。只好承认。

上车饺子下车面啊。她说了一句我从来没听过的话，然后一拍脑门，似乎有什么事情让她大彻大悟：我早就打听过了，武汉有什么特色食品，就是什么面来着，我刚下火车不久，正好吃面啊！

热干面。我说。

对对对，就是热干面。你快带我去吃热干面。她显得兴奋异常。

我哭笑不得。告诉她，我的小公主，热干面特色归特色，可那毕竟只是武汉人民的早餐，现在都骄阳似火了，要不是我出去办了事情，中午饭我都吃过了！

不行，我就要吃热干面。她跟我耍起了公主脾气。

我这人最大的毛病就是心软，一见女孩子这样，娇滴滴的仿佛受了天大的委屈，我就心软得要命，只好答应了她，不过我费了好大的劲才说服她如果这家饭店里现在不卖热干面，我们就得吃武昌鱼。她对吃不吃鱼显得并不关心，她说不管什么鱼，她都只吃鱼眼睛。

这什么怪癖啊。我心想。

幸运的是，饭店服务员在听说了她这个远道而来的北京客人的要求之后，只是稍微犹豫了一下，便答应了给她提供一碗热干面。她当着众多食客的面欢呼雀跃，我只好在一旁如坐针毡。后来我不顾她的反对，依然点了武昌鱼和一些小菜。

武昌鱼一上来，她果然飞快地剜掉两颗鱼眼睛。她不动声色地说，这样鱼就看不到你在吃它的身体了。

我大吃一惊，无言以对。

你怎么知道我暑假没回家的？趁她吃面中间的停歇，我问她。

我打了你家里的电话，你爸爸告诉我的，他说你在武汉上新东方英语。

那要是我回家了呢，你难道还要找到宜昌去？

那说不定。她显得毫不在乎距离的远近，接着说，去宜昌也没什么了不起，不都在湖北？

我轻轻推了一把她狼吞虎咽的小脑袋，对她的任性，不知道说什么好。她这样的小孩子，大概没独自出过远门，没什么经验，在火车上肯定饿坏了，而且，看她表面上说得满不在乎的，当时在校门口见到她时，怎么看起来可怜兮兮，像个没人要的小孤儿？要是今天没有遇到我，看她怎么办，说不定会一边往火车站走，一边哭哭啼啼：小伙子，我恨死你了；大武汉，我恨死你了；全世界，我恨死你了。

我正想着，她抬起头来，打断我的思绪，说，吃饱了。

怎么样?

武汉的热干面果然名不虚传，还真好吃。

饥不择食吧。我不客气地讽刺她。

吃完了热干面我带她去男生 16 舍。我一时半会儿想不到合适的地方，只能带她去男生宿舍。好在武大很自由，女生可以随意出入男生宿舍，当然相反方向的话则要通过盘查。在路上我看到她不停地翻看一款三星手机，突然就想拿过来看看。她给我之后我迅速翻看她的电话簿，以我数学高考 146 分的脑子，速记两串 11 位的号码还是不太难的。后来我终于逮住了一个机会，用隔壁宿舍的电话拨了第一个号码。

我的运气很好，第一个号码的主人便是她的密友，那个她经常提起的胖同学。

她几乎毫无保留地告诉了我清麦的处境，因为父母吵架，她离家出走了，现在她的亲朋好友和老师同学都在发疯似的找她，可是没有人知道她去了哪里，包括她，一向认为自己是清麦最好的朋友的她，清麦都没有透露半点风声，这让她觉得有点恼怒。她不停地向我重复一句话：这个该挨揍的死清麦，她到底去了哪里呢，她怎么能这么绝情，连自己最好的朋友都不告诉呢。

你是谁？后来她警惕地问我。

我也是在寻找清麦的人，我说，她的一个亲戚。

挂上电话我回到自己的宿舍，清麦正在翻看我堆在桌上的书籍，最上面就是我留着做纪念的一本“碧湖华庭”画册。我看见它，又一次想起我和小王姐的约定。可是眼前的清麦小麦子小公主，她现在大概是完全放下心来了，在我的宿舍里像一头精力充沛的小鹿，不停地问这问那，我就没有一点工夫去想凤凰的事情，我只好一脸开心的样子为她讲解。

可是我到底还是有些真开心的。我难以相信那个只在聊天室、QQ、电话和邮件里出现过的清麦，她居然真的会从虚拟的空间里跳出来，跳到武汉，跳到我的面前，在我的面前雀跃，周旋，喋喋，惊乍，片刻不宁的举动晃得我眼睛都有些花了。

而且，她给我的印象，和以前别无二致。她是一个多么表里如一的女孩儿啊。我想象中的清麦，就是这个样子的。

她会说话的大眼睛，她扑闪扑闪的长睫毛，她调皮起来嘟得天高的小嘴巴，甚至连假装生气的样子，都是那样可爱，那样讨人喜欢，那样的那样的十六岁。

我不动声色地带她去走我在信里反复提到的一条路，那条路上长满了叶片光滑的银杏树，这个季节里银杏树的叶子还绿油油的，可是一点都不显老气，很好看。如果到了秋天就会一片片掉落下来，最好做书签了。走完了这条路就是学校著名的樱花大道，可惜樱花花期已过，我们只好去看遒劲的树干。不过对我们学校的一草一木，她都显得很感兴趣。她说南方的大学和北方很不一样，走在学校里就跟爬山和逛树林一样。我哈哈大笑，说，这是因为我们学校有座珞珈山啊。她便说，那我以后也考武大。我捏一把她的小手，说，好啊好啊。那时候我刚好本科毕业，就念本校的研究生好了。

我还带她去了学校里最高的教学楼，我给清麦的信都是在这座楼里写的，9楼，我们院的教学楼。坐在上面可以看到浩淼的东湖和湖那边若隐若现的山脉，运气好还可以看到国家皮划艇运动员在湖面训练，他们的身后总是跟着一条条笔直的水纹，然后朝湖两岸好看地逡染开去，那情景就是一幅美妙绝伦的水墨山水画。

那天我们的运气真是好，因为我们就真的看到有人在训练了，清麦呼啸着从安全楼梯里冲下去，连电梯都不要坐了，一直到长满梧桐树的滨湖路上我都没能追上她。看着她那个样子，有那么一刻，我突然觉得神情恍惚，仿佛在我前面奔跑的是刚刚从城堡的窗户里逃出去的茜茜公主。

可是我说过的，我不会是她的王子，因为我不是年轻英俊的弗兰茨·约瑟夫。

小公主终于玩累了，我送她回宿舍，然后，我关上门出去。可是我哪里也没有去，我径直去了学校的火车票代售点，在那里我买了一张当天晚上回北京的Z12次火车票，是最好的卧铺票，将我的七百五十块花了差不多一半。然后，我用剩下的钱去附近的户外店买了一个折叠帐篷，我想，如果她父母问她去了哪里，她就可以说在自家楼房的屋顶露营了两晚。

这个，一直反对她睡帐篷的父母，应该是能理解的吧。

做完这些，我才大步流星地回宿舍去。

小伙子，你去哪里了？刚进门，清麦又精气神十足地扑上来。这丫头！大概是趁我不在，偷偷小憩了一会儿。

好了，别胡闹了。我身子一闪，躲开了她的胳膊。

快收拾东西。我脸色一沉，说。

怎么了吗？她嘟囔着，眼神狐疑地看着我。我不敢看她的眼睛。

没怎么，我的语气突然变得恶狠狠的，你快收拾东西回北京。

为什么？她一屁股坐在凳子上。

你还问我为什么？我变本加厉，语气变得更加凶狠，你爸爸妈妈还有老师同学发了疯地找你，你倒好意思问为什么。你不回去，你叫他们怎么办？

我不回去。她赌气说。

好吧，你可以不回去，那你晚上睡哪儿呢？我依然摆着臭面孔，以为给了她一个下马威。

我的小伙子是最好的，你不会让我风餐露宿的对不对？她嘻嘻哈哈地说。

不许胡闹！我没有接她的茬，严厉道，我这里可没你住的地方！

她似乎也生气了，顶过来一句，不用你操心，我又不是没钱，我

自己住宾馆去。

这下轮到我无言以对了。可我一点都不想理她，我是真的生气了。

世界上怎么有这么任性这么刁蛮这么不讲道理的小公主？

过了一会儿，她凑过来说，小伙子，我回去还不行吗？

我笑了。这才是可爱的我喜欢的小麦子。

在送她去火车站的路上，她的话比以往任何时候都要多，就仿佛有一只夜莺鸟儿在我身边歌唱，永远也不知道疲倦的样子。如果有一天晚上你看到一个小女孩子和一个小伙子在大街上，那个小伙子的嘴里没一句好话，那个小女孩子却能不停地掐小伙子的胳膊，让他疼得嗷嗷直叫，那一定是我和小麦子。

小伙子，你以后要多给我写信，每一封信里面都要夹一片银杏叶子。

我不忍，说，那我们学校的银杏树还要不要光合作用了。

反正我不管。她说，又捏了一把我的胳膊。

小伙子，你以后要多吃点肉，你看你都瘦成什么样子了，你还很黑，你都快成非洲的小伙子了。

我不服气，都是最近往外跑晒的。

小伙子，你赶快去买个手机，这样我们俩联系就方便了，我给你宿舍打电话，你老不在，给你家里打电话，又老是叔叔接，他一接我就把我想说的话全部忘了。

小小年纪，不好好学习，干吗上课老玩手机？我教训她。

还没等我说完，她用手指甲狠狠地掐了我一把，钻心的疼让我哇哇乱叫。然后，她眼神霸道地望着我，用更加霸道的语气问道：你到底买不买？

那买吧。我有气无力地答。这样的小孩子，我真是拿她没办法。

直到进了站，我才终于如释重负。我送清麦上了车，找到了她的床位，然后下车。不知怎的，往出站口走的时候我又有些丢魂。我的脑海里反复萦绕着一句话，那是我离开时清麦贴在我耳朵上说的悄悄话，她说，小伙子，我会想你的！

小伙子，我会想你的！我最后一次扭过头去，这丫头，她正贴在紧闭的窗户上看着我，那神情，多像一个受了委屈的孩子啊。

我的鼻子猛地一酸。

回到学校之后我给美女打电话，我告诉她今年暑假我不能陪她一起去凤凰了。她在电话那头沉默了半天，然后我听到一声微弱的叹息声："那好吧。我们有机会再见。"

"有机会再见"的意思就是"不再相见"。从那以后我再也没有见过美女。我去过"碧湖华庭"，他们告诉我说，那个复旦中文系的高才生，去凤凰回来之后就辞职了，现在大概在上海，或者在北京，或者在某个叫丽江或香格里拉的小地方，当然，她也可能直接出国去了。总之，她可以在全世界的任何一个角落，可就是不在武汉。

听了他们的话，我突然觉得有些怅然若失。小王姐，亲爱的小王姐，我真的不是故意的，请原谅我的食言。

清麦回到北京之后，最先的一个礼拜，我没有她的任何消息。直到有一天，她终于打电话给我，依然是那样清亮的声音，她在里头说自从"失踪"过一次之后，父母吵架的次数就越来越少了，教授父亲对她的数学也不像以前那么要求苛刻了，她也终于知道了这个世界上有很多很多的人爱着她，尤其是爸爸妈妈。她还说她把帐篷搭在了自己的房间里，哪天想睡就睡，而且睡得很香很香，常常在梦里看到璀璨的星辰。总之，她又是小时侯那个天真无邪无忧无虑的小姑娘了。

她说的一切都让我欣慰。只是，在接电话的那一瞬，我便已经察觉到了，小麦子她，她头一次没有叫我小伙子，她轻轻地叫了我一声：小火哥。

小火哥。这是第一次有人这么称呼我，不是火子，也不是小伙子。我想，她终于不再叫我小伙子了，可是我早已经习惯了她叫我小伙子。

我们还是像以前那样好。我们依然在 Q 里聊得火热朝天；她也依然会打电话到我的宿舍，让我教她做数学题；我们甚至会在论坛里就一个问题不断地拍砖，打倒一切与我们作对的观点。只是渐渐地，这样的情形越来越少，因为我大三了，我的专业课越来越重，而她，也高二了，需要重视的课程也越来越多，她是喜欢历史的女孩子，所以每天要花大量的工夫看历史书，她说过她要报考武大历史系的。

这样的日子，云淡风轻。过节过生日的时候我们会收到从彼此的城市飞过来的贺卡。我给她寄了武大 110 周年校庆时发行的纪念册和徽章，而她，从北京给我邮过来一台崭新的文曲星，大概就听我说想把英语学好的缘故。我也真的会在给她的每一封信里面夹上银杏树叶子。我发现即便如此，我们学校的银杏树依然长得生机勃勃，一点都不计较的样子。

我买了手机，却并没有告诉她号码。我已经习惯了在晚自习之后回到宿舍，然后墙上的电话响起：

喂，是小火哥吗？我是清麦。

可是为什么在那些云淡风轻的日子里，我会止不住地想起小麦子呢。公主一样可爱的小麦子，公主一样任性的小麦子，公主一样骄傲的小麦子，公主一样委屈的小麦子。小麦子小麦子。我的小麦子。

直到很久很久以后，我才从这漫长的沉湎里回转过来，醒来，却恍若隔世。

一转身，一皓首，青春滚滚而去，一辈子不翼而飞。

2005 年的夏天，我顺利地从武大毕业了，我没有去念研究生，我签了一家北京的房地产公司。在那列我曾经送清麦回家的 Z12 次火车上，我像一个第一次出远门的孩子，不停地对自己说，北京，我就要到北京了，我终于要到小麦子生活了十八年的北京了，首都北京啊。

但是我并没有看到小麦子，我在 M 大门口给她打电话，可是手机停机，我只好先回到公司。然后，我上网，我看到邮箱里好好地卧着一封信，是小麦子写的。她告诉我说教授没有让她念国内的任何一所大学，他们为她选择了法国巴黎，她要提前过去念预科。这封信是她临出发前写的，落款日期是一个礼拜前。我突然想起来在半个月前的跳蚤市场上，我们把宿舍里能卖的东西都卖了，包括那台辛苦了四年的壁式电话机。

我在北京没有待多久，因为开发外埠项目，我很快被派往了一个更遥远的城市，满洲里。这是一个中俄蒙三国交界的边陲小城，在那里，我的生活没有太大的热情和诗意，我只是按部吃饭、上班、睡觉，然后定期购物定期消耗。没有人知道，我这个南方的小伙子，毕业后为什么会去北京，又为什么会心甘情愿被派往满洲里。

清麦从巴黎给我寄来明信片，在上面她写了很多那个国家的语言，我翻遍她送我的文曲星也弄不明白究竟是什么意思，在信的最后，我终于找到一句我能看懂的汉语：

小火哥，你还是以前那么瘦吗？你要记得多吃肉，这样才会有女孩子喜欢你。

我微笑起来，关掉屋子里所有的灯，开始听那首从大二就开始听的《卡萨布兰卡》：

I guess there are many broken hearts in Casablanca
You know I’ve never really been there
So I don’t know
I guess our love story will never be seen
On the big wide silver screen
When I had to watch you go

黑暗里我听见一个声音在对我说：火子，你知道吗，从一开始你

就错了，你一直把这首忧伤的歌当做欢乐的歌在听。

我知道小公主最后都是会找到她们的白马王子的，而我永远都不会是小公主的王子。因为我的名字叫做小伙子，不叫，小王子。

擦干眼泪，男子汉不许哭不要哭。

我微笑着，在给清麦的信里写下了这样的一句话：

亲爱的小麦子，要是你的小火哥成了大龄男青年，他就找一个和他一样困难的大龄女青年，和她结婚，然后，谈恋爱。

吕伟，网名落草火子，笔名“落草火子”，生于1983年，湖北枝江人，现居上海，获第七届新概念作文大赛二等奖。在《萌芽》等杂志发表文章。

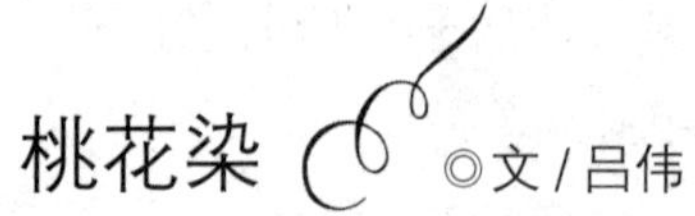

桃花染

◎文/吕伟

仲春，明媚的阳光像顽强的藤蔓植物，从洛草河东岸一直爬到西岸，野草们乘机疯长成离离的样子，而茂盛的意杨叶子两天就遮挡了岸边停泊的竹排。现在，无论从哪个方向来看，春天的高潮都显得指日可待。

每天清晨，洛草河西岸都站满了浣纱的少女，她们肆意而大胆的笑声常常顺着河流流到下游去，让匆匆赶路的异乡人措手不及。

洛草河西边便是洛草镇，历史上出名的江南小镇。

几百年来，多少非凡的故事在镇上渐次上演又渐次被人们淡忘，最后只留下无情的流水和古拓的石拱桥做固执的见证。这情形如同绕进某个色彩斑驳的老旧巷子里面，一扇木皮剥落的大门咿呀一声，走出来一个盛装美女——故事就像巷子里的美女一样，不断地被接走又源源不断地产生，常常让后人觉得匪夷所思。

这一年是民国前四年，公元 1908 年。

历史不是四季的轮回，没有谁能够预知所要发生的一切，但上苍注定了这一年洛草镇将要发生某些嬗变。

我们桑家是洛草镇赫赫有名的大家族，桑家所拥有的数十家大染坊几乎垄断了镇上全部的印染业，甚至镇子上最偏僻的村落都未能幸免。没有一户人家敢说家里的衾幔完全与桑家无关，就连县太爷进贡所青睐的供品也是桑家罕有的苗族“点蜡幔”，这种布的制作工艺繁缛复杂，一年都出产不了几匹。

每月底，检阅染布的成色和数量成了老太爷桑怀顺全部的消遣，这一天也是他最荣耀的时刻。他坐着高轿游走于各大染坊之间，向世人展示桑家在洛草镇举足轻重的地位，并且毫不谦虚地昭示祖辈流传下来的无上荣光。

我就在这样一个锦衣玉食的环境里长大，没有生计之忧却也没有什么值得向往的事物。生活就像一出被导演好的戏，我只管做称职的演员。直到后来，桑家发生了一系列劫难，我才得以偏离预定的轨道。

轮到我这一代，桑家的孩子俱是“千”字辈，于是我得了一个不算俗气的名字：桑千葚。还好，有硕果累累的味道。不过，仆人们都遵照传统，统统唯唯诺诺地叫我小少爷。

桑家的大少爷，也就是我大哥桑千仞，是个足足年长我十二岁的男丁，因为受宠溺，早早败坏了道德。及至我十岁左右开始经事，他已经在翻然悔悟的父辈那里，断送了继承大业的灿烂前程。

我还有一个姐姐。这个有着绝色美貌的女子，很不幸，居然是洛草镇百里挑一的弱智。她涣散而空洞的眼神不经意就泄露了美丽背后隐藏的秘密，常常让有幸目睹的人的情绪一落千丈，为此，我母亲无数次在暗夜里啜泣。

姐姐叫桑千叶。她是那种注定了要陪衬桑家其他人的智力，好让他们显得智慧超凡的悲剧人物。

于是，桑家的小少爷桑千葚，也就是我，也便注定了要承载桑家祖孙三代太多的指望。这一切，从桑家极严的家规屡屡在我身上履行来看，已经得到了不容辩驳的验证。

从六岁起，我耳边就开始充斥这样的话语：

小少爷，老爷要你拿着戒尺到书房去。

千葚，把今天先生教的《论语》背给我听。

千葚，听管家说你又跑到染坊里去了。

爹，我只是想看看玛瑙缬是怎么染出来的。

说了不准去就不准去，以后再去我打断你的腿。

知道了，爹，千葚再也不敢了。

然而，不管父母怎么努力，从六岁到十六岁，哪怕家里折断的戒尺像染坊后院阴干的布匹一样不计其数，哪怕我的手掌伤了好好了伤再也不轻易疼痛，我的学业都未见任何长进。父母终于开始对我失望，并且这种失望情绪变得一天比一天深厚，他们甚至在祖宗祠里当着众人的面叹气，命，这都是命啊。

我明白他们对仕途的渴望，可我也清楚自己的天赋，虽然算是绝顶聪明之人，却实在不是适合读书的材料。

在万般头疼四书五经的年月里，我常常背着好事的管家溜到染坊里，亲自操刀在牛皮纸上镂刻花版，然后在上面刷上厚厚的桐油。我发现那才是我的兴趣所在。不消几天，我就学会了常见的“药斑布”的印染工艺。后来，十六岁那年，我突然开始幻想用鲜艳的桃花取代蓝草和荷叶，做最新奇的染料。我沉溺在这种想法里茶饭不思，最终，我于某个夏日的黄昏给它取了好听的名字：桃花染。

是的，桃花染，我几乎可以想象桃花染那鲜艳的色泽在阳光下熠熠生辉的情景，像是烈火在熊熊燃烧。世人在这种惊世骇俗的美丽面前，统统失去了血色。

于是，等待来年的桃花盛开，成了十七岁之前我严格保守的秘密。就像我背地里偷偷学习印染一样，除了随从夏天琛，一切都无人知晓。

我唯一乐意背诵的诗词成了《桃夭》：

桃之夭夭，灼灼其华。之子于归，宜其室家。

桃之夭夭，有蕡其实。之子于归，宜其家室。

桃之夭夭，其叶蓁蓁。之子于归，宜其家人。

那一年，我长成了有着俊美面容和挺拔身材的男子，这让桑家的祖辈略感欣慰。其实很少有人知道，我和桑家大小姐一样，都是外表出色内心空洞之人，若是有那么一点不同，便是我善良而无辜的眼神比她更有欺瞒性。

从六岁到十六岁，我的读书生涯并不寂寞，父亲给了我最好的随从，夏天琛。他是已故的奶娘的儿子，仅仅比我大三个月。从小，我便是在他的陪伴下熬过那些枯涩的日子，到最后，天琛的功课竟远远在我之上，这是所有的大人始料未及的。

十六岁的天琛和我很不一样，他相貌英俊，肤色黝黑，并且有刚硬的身板。长久地寄人篱下，他早早练就了过人的胆识和果敢的魄力。即便如此，他微笑起来还是阳光一样的明媚，有温暖从脸庞四溢出来，那是轻易就可以洞穿少女心扉的东西。

我们的关系是极好的，比如，我就常常在他的掩护下躲过了父亲一次又一次的突袭。偶尔，我也为父亲无理的吹毛求疵替他承揽罪责或求情。我害怕看到天琛潭水一样清澈的眼神里有疼痛的气息。他说他也一样。

知道这些，我分明感到一阵铺天盖地的幸福侵袭全身，就像有桃花在心里面肆意绽放，芬芳逼人。天琛知道，从小我便是疯狂热爱桃花的一个人。

后来，我渐渐淡忘了我们之间的主仆关系，我甚至在梦里看见他追着我喊兄弟。是的，兄弟。叫起来嘴唇要前凸再后缩的兄弟。那是我第一次听见有人叫我兄弟。醒来后我依然觉得那不应该是梦，我不相信居然有梦这样真实，就跟刚刚发生过一样。

而洛草镇有名的纨绔子弟，我那个叫桑千仞的亲哥哥，他愚蠢地认为是我夺走了他在家族的地位，长久地对我怀恨在心，因此，他是从没拿正眼瞧我一眼，更甭提叫我一声兄弟了。

更可耻的，这个生性鲁莽的败家子，他竟然常常在无人的时候指桑骂槐，用语险恶狠毒，一点不知羞耻，根本当我是和他结了八百辈子仇怨的敌人。

于是，在我成长的十年生命里，我只好与大哥大姐彻底绝缘。我和我的随从夏天琛，我们彼此支撑着相互安慰，然后渡过那些或卑微或浩大的劫难。我们总是一起快乐，一起忧伤。就连那些折断的戒尺，其实也有一半是他替我挨打留下的物证。

私下里，我要他别再叫我小少爷。我说，那不是你应该叫的。

那叫什么呢？天琛微笑着问。

就叫兄弟啊，长这么大都没人如此叫我。

可是被老爷听到要挨骂的。他说。

我只好妥协。那叫我千葚吧，我爹我娘还有我姐都这么叫的。

那好吧，小少爷。

这么快就忘了，叫千葚。

上苍给了桑家一个相对安定的春天之后，1908 年的夏季如期而至。桑家的一系列灾难，便是从老太爷桑怀顺的猝然离世开始的。

那是一个干涸的季节，驿马动，火迫金行，葵花向阳。

我竟然在这场空前的浩劫里幸存下来，不能不说是一个奇迹。而祖父，他绝对想不到自己的仓促离去，居然差点毁掉整个桑家多少年才积累下来的基业。

我只能说，这也是命，是谁都无法忤逆的宿命。

其实祖父在世时待我是很不错的。很多个月底，他都将我从禁闭

的书房里解救出来，要我陪他一起去进行例行的检阅。每当看到有特别出类拔萃的印染花布，我们祖孙俩竟会同时两眼放光，双双发出由衷的赞叹。在这一点上，我们有着父亲和大哥难以企及的共同语言。

无可否认，我对印染的理解很大程度上来源于他无形的教诲和鼓舞。而桑家，在入仕的希望基本破灭之后，也似乎需要一个懂行的人来继承祖业。

据说祖父临死前只对父亲说了两句话，一句是嘱托父亲对我要严加管教，另一句是关于大姐桑千叶的。

你们的千叶已经十九岁了，是该给她找个婆家的时候了。

唉，如果桑千叶不是天生的智力低下，就凭她如雪似玉的肌肤和亭亭玉立的身段，加上桑家殷实富庶的家底，她本该是世间众多男子倾慕的对象，可是造化弄人，如今的她居然不得不待字闺中。

父母开始为祖父的遗言奔命，忧心忡忡的他们常常望着傻笑的女儿摇头，这个一无所知的可怜女子，怎么可以无视大人们为她所承担的一切？她竟然日夜如孩童般天真无邪，没有忧愁，也没有烦恼。

所幸的是，他们很快就为桑千叶物色了一名如意郎君，甚至，婚事不久就要张罗起来。我惊叹于桑家办事的效率，只是，他们一直把我蒙在鼓里，我根本无从知晓那个倒霉的年轻人是谁。

不过后来我想，那一定也是个无聊透顶的男子，有着同样愚蠢的大脑和同样空洞的眼神。以我大姐的美貌，配这样的男人实在绰绰有余。于是，我全然对这桩婚事漠不关心，对未来的姐夫也感觉兴味索然。

倒是桑家上上下下为这桩喜事忙得有进有出，看样子，对方是一位即将入赘的男子。这更加加深了我的鄙夷。若是智力健全的男子，瞎了眼迎娶一名傻子美女倒也罢了，如今居然还要入赘姓桑，不用细想，一定是天底下最奇丑无比之人。

我终于不再是桑家环绕的中心。这样好，我落得大量清闲，天天泡在染坊里印染布匹，我绘制的花、鸟还有鱼栩栩如生，博得大师傅和女工们的一致赞叹。

一花一世界。一树一菩提。我在一个人的斑斓世界里流连忘返。

这或许竟是大姐的婚事给我带来的唯一便利。

只是有一天，在时光的罅隙里，我突然想起天琛。

我已经多日未见他踪影了。想必是被父亲拉去做重要的差役了。

算起来，天资聪颖如他，十四岁便逐渐被父亲委以重任，开始发挥男子汉的能量；而他，对桑家，也是罕见的忠心耿耿。

终于大姐的婚典在如火如荼中安置妥当，一切只待七日后的良辰吉时。

紫陌就是在这时候出现的。我始终记得仲夏里那个暮色四合的黄昏，空气里弥漫着洛水镇少有的白色芒花的清香。紫陌着一袭粉色缀有白色花底的褶裙，裙裾飘飘，恍若蝴蝶，近了，我看见蝴蝶黑色的眼瞳里面有泉水兀自闪烁。

她只不过是烟火女子，眉目却是如此绝尘，遇见她的顷刻，我便失去了所有的语言。

我看见紫陌盈盈而来，旋即向母亲祈了万福，然后是她清婉的声音，夫人，小女子替父亲给大小姐送贺礼来了。

身体里面有什么东西在飞速沦陷，长久以来的沉寂像经年的乔木一样，“啪”的一声断裂，我陷入梦境一般的恍惚里，身心悸动。我想我是爱上她了。

完了完了，我一定是爱上她了。

1908 年仲夏，这个叫紫陌的粉衣女子，注定让我在劫难逃。

紫陌是外县明顺茶庄轩老板的三小姐。桑家和轩家，彼此之间倒是有极深的渊源和交情的，只因轩家近年大举搬迁移民，且因交通阻隔，两家间的走动才日渐暗淡；而这一次，更是由于轩老板身体染恙，迫不得已，才劳烦千金雇了高轿，亲自前来祝贺。

而大姐的大喜之日，尚在六七日之后。于是，中间这些天，母亲便为紫陌另辟了一间雅室，安顿她居住下来。

我为此欢欣不已，却未曾想到，这一切不过是父母的刻意安排。这个超凡脱俗的女子，其实是早已被桑、轩两家指腹为婚，注定了要嫁我为妻的。

甚至连紫陌的提前赴宴，也是母亲设计的小小阴谋。她要在大姐的婚礼来临之前，乘机考察未来儿媳的品行，好给我，主要是给桑家，一个满意的交代。

当然这一切，我和紫陌，俱是毫不知情的。那些天里面，我只是沉沦在这段突如其来的感情里面，频繁地与紫陌不期而遇，然后看她柔软的脸颊突然就像花一样盛开，娇艳夺目，一笑倾城。

我没有隐藏我对紫陌的感情，我开始用热烈的目光追随我的紫陌，用柔软的话语感染我的紫陌，用谦和的微笑迎接我的紫陌……我用近乎天真和固执的勇气来迎合我的在劫难逃；而她，在面对我所做的一切的时候，总是会有花一样好看的笑容，和丝绸一般柔和的气息。我能够地敏锐地感受到，她，对我也是有好感的。

终于在三天以后，她不再客气地叫我桑少爷，她叫我千萁。

千萁，这两个字从她嘴里跳出来我就觉得悦耳无比。

千萁，哦，真好听。你多叫我几次吧。千萁千萁千萁。

当然这是在心里面对她说的。

后来，我带她去染坊，我送给她一匹自己印染的玛瑙缬。她的眼睛里面泉水荡漾，在斜阳下闪着透明的光亮，千萁，和你在一起我总是很开心。

我说，是的紫陌。我也是。

然后我们一起微笑。我们的笑容很干净很透明还像个孩子，可是我们竟然有爱情了，我们竟然有爱情了啊。

无人的时候我捏起她的手，她的手心里面总是有微微湿润的凉，手背有微微紧张的动。我把她抓得紧紧的，又小心翼翼，就像抓一只蝴蝶，生怕它从我手心飞走。

就这样，我们彼此倾慕，我们是彼此在劫难逃。

再一个暮色四合的时候，我低着英俊的脸庞，我说，紫陌，我要娶你。

我说，紫陌，答应我，要好好等我。

有绚烂缤纷的桃花从眼睛里飞出来，蜻蜓点头，裙裾翩跹。

这些日子，我是如此忘乎所以地遭遇一场万劫不复的爱情，我忘记了日落与星沉，忘记了鲜花和印染，我甚至忘记了好久未见的兄弟天琛。我的心里只有紫陌。

然而，这竟又是如惊鸿一般短暂的日子。对桑家而言，繁华的烟花散尽，便是摧枯拉朽的沉沦。沉沦，是每一个度过巅峰期的家族无可逆转的命运。

婚宴前夕，我终于知道，桑千叶的夫婿，竟然就是夏天琛。

白天陪我读书夜里替我掌灯的夏天琛。

总是一起快乐一起忧伤给过我最多安慰的夏天琛。

我的随从夏天琛。我的兄弟夏天琛。

天晕地眩。日月无光。星空暗淡。我想这是真的吗？这一定不是真的。

然而是真的，并且，这一切已成定局，一切都无法挽回。

我实在早该想到，以我大姐的姿色，哪怕愚蠢绝顶，也万不会随便找个男子充数，而聪明过人又英俊非凡的孤儿夏天琛，除了地位卑微之外，实在是上上人选。

难怪桑家上下闭口不谈新郎的资质，难怪天琛这些天住在父亲那里，而他，居然一直瞒着我到现在。

天琛，你知道我大姐是傻子。

是的，千萁。

那你为什么还娶她?

千萁，你要知道，我从小便是孤儿，若没有老爷和夫人的眷顾，我早就不在这世上了，他们对我的养育之恩情深似海。

可是你也该追求自己的幸福。

留在桑家便是我最大的幸福。

天琛，告诉我，你其实并不想娶我大姐。

千萁，有些事情，是你我都无能为力的。

第二天，桑千叶和夏天琛的婚礼如期举行，那是 1908 年最炎热的一天。

没有人想到，在盛宴进行到高潮的时候，紫陌竟然不辞而别。

更没有人想到，明顺茶庄的三小姐，轩老板的千金，我爱的紫陌，会在立秋后一个风雨交加的夜晚，悬梁自尽。

传言说，她是含羞而死。

传言说，她肚子里有一个尚未成型的胎儿。

我无法将传闻和那个活生生的紫陌相比。我彻底崩溃。我说过的，我要娶紫陌，我要她等我，可是她竟然没有。

紫陌的死瞬间葬送了桑、轩两家全部的交情。轩家的人齐齐会聚到桑家，其中包括气息奄奄的轩老板，他们在厅堂里砸了所有搁置的物什，然后要桑家交出作孽的罪魁祸首，桑家的小少爷：桑千萁。

是的，桑千萁——只因他们在紫陌的房里搜出了一匹罕见的玛瑙缬，那上面豁然印着“桑千萁”三个字，还有，他们无法相信十五年前的指腹为婚，居然是为小姐找了这么一个禽兽不如的东西。

我被迫被爱恨交加的母亲藏在桑家隐蔽的地下室里。在那间暗无天日的房间，我的身心备受煎熬，我只能苦苦守候父辈们在暗地里可能达成的交易。

然而高傲的桑家人没有想到，这一次，轩家的人是如此强硬，除了把我交出去任由他们处置，一切的条件都不被应诺。

知道这些，我感到一阵铺天盖地的恐慌和绝望。

除了天琛，竟没有人相信紫陌的死与我无关。可是，没有人证和物证，我又如何洗刷自己的冤屈，还自己一个清白?

不关小少爷的事，你们要的人是我。

在大厅里，天琛面对着轩家的人，掷地有声地说。

我听见父亲痛心疾首地暴叫：你给我跪下！

随之而来是母亲一声悲恸的叹息，作孽啊，桑家上辈子作了些什么孽啊。

那一刻，正是事态发展到剑拔弩张，即将惊动到官府的时刻。

有关夏天琛伏罪自杀的消息迅速在洛草镇蔓延开来。人们都说这个阴毒的男子是个道貌岸然的畜生，他不仅高攀上桑家的乘龙快婿，并且，居然在新婚之夜，摒弃自己的新娘子，跑去玷污茶庄老板的三小姐。

真是荒唐啊。

只有我知道天琛是清白的，就像只有他知道我是清白的一样。

经历了接踵而至的变故和劫难，我终于在天琛草率的葬礼上晕倒，然后一病不起。

然而，几天之后，桑家的逆子，大少爷桑千仞，终于在酒醉之后吐露真言，是他，在大姐的新婚之夜玷污了紫陌的身子。

一切都晚了。一切都来得太晚了。

他已经毁掉了我和紫陌的幸福，还有紫陌和天琛一去不返的生命。

而他自己，也在父亲的毒打之下，彻底丧失了理智，变得神情疏落，和大姐一样成了傻子。

我的母亲无法承受这一切的打击，一夜之间白了头发，变成了老态龙钟、日渐衰微的老人。

只有我的大姐，依然每天像孩童般天真无邪，根本无从知道夫君已无辜死去，也不知道为什么家里突然变得如此冷静凋零。

第二年春上，镇上的桃花开得光芒耀眼，都疯了，都疯了，人们奔走相告。他们说从来没见过如此疯狂的桃花，就像夏天的洪水，雷霆万钧，无人可止。我远远看见它们妖艳诡异的色彩熔融了半边天空，心里冷静如铁。

我终于学会了“桃花染”。我看着那匹鲜艳欲滴的什物，就像看见无数花瓣在上面煽情地舞蹈，突然感到一阵又一阵眩晕。

青铜饰纹的高古，汉砖瓦的粗犷，宋瓷的典雅，苏绣的细腻，剪纸的简洁，织锦的华贵……这些形容统统不管用，我只知道桃花是有魂的，是独一无二的，而且最重要的，它是属于我一个人的。

那匹布上面款款立着一名罕容惊世的女子：紫陌。

她的面庞突然桃花一样盛开，一笑倾城。

只是真的紫陌已经远离了人世的尘嚣，她现在应该可以自由自在过自己的生活，没有世俗的负累，也没有情思的牵拌。她一定是幸福的。

与她一起离去的，还有我的兄弟天琛。他们是这个世界上我最爱的两个人，可是为了我，他们最后都不得不离我而去。

两年之后的十月十日，辛亥革命爆发。在革命的滔天洪流里，我毅然离开了洛草镇，离开了熏陶我十八年的大染坊，加入了革命党。在长达数十载的颠沛流离中，桑家所发生的事情一点一点在我脑海里磨灭，我再也记不起我的天琛和我的紫陌，甚至连洛草镇在洛草河的西面还是东面，都已经恍惚不清了。

我唯一坚持的，便是在每年三月桃花盛开的时候，找一家染坊，怀恋曾经做过的“桃花染”。

（作者简介见《公主，小公主》一文）

梦满飞翔

◎文 / 刘玥

Chapter 1

小满思前想后，终于决定在学校附近一个叫“蝶恋”的咖啡屋里打零工。小满家里并不富裕，能到这个大城市来读大学就已经十分不易了。可大学里花销多，小满实在不愿再增加父母的负担。

咖啡屋的老板照顾小满，因此小满只需从每晚六点工作到晚上十点。时间久了，小满发现来“蝶恋”的客人除了附近大学的学生外，基本上是几个老主顾，隔三差五地过来坐坐，偶尔拉几个老朋友一起胡侃，于是渐渐和他们也就熟起来。

当中独有一个人是例外的。是个二十岁左右的青年，皮肤苍白，眼神凛冽，总是一脸疲惫，一脸落寞，穿着前卫，有着引人注目的发型，脖子上挂着一个大刀形状的吊坠，耳朵挂着耳塞。如果他穿的是短袖，还可以隐约窥见他胳膊上的文身，是一只鹰。总之怎么看都不像学生。

他每晚都会一个人到蝶恋咖啡屋里来坐坐，而且总是要一杯不加糖的冷咖啡，他经常赊账，几乎不怎么还，而老板也不以为意。咖啡屋的其他员工似乎都认识他，却又似乎都不约而同地避开他。他一来，其他人便突然忙起来，或者全都消失掉。于是那青年每次都只好叫小满：

“小姐，要一杯冷咖啡，不加糖。”后来与他熟了，小满每次为他端咖啡时便冲他微笑，搭讪两句，谁知他根本不领情，只对小满淡淡点点头，仿佛不屑答理。小满心下有气，干脆也不再理他。

有天晚上，咖啡屋的老板有事出去，另几个员工也都请假。老板挺信任小满，嘱咐她照顾一下咖啡屋，如果客人不多，就早点回去。九点半左右，小满看店里没什么客人，打算关了店门回学校，却来了一帮人，穿着花里胡哨，发型稀奇古怪。小满为他们端上咖啡和几道菜，心里盼着他们早点走。没想到那几个男的见店里没别的人，便要小满陪他们。其中一个光头一把扯住小满的裙子，笑嘻嘻地说着什么话。小满急得涨红脸，拼命拉住裙子说：“对不起，我们店里员工不陪客的。”那光头蛮横地说：“陪一下有什么打紧！反正也没别的客人。哥哥高兴了说不定给你多几个钱……”

小满见情势不对，急中生智要打电话。光头一把打掉了小满的手机，然后伸手来摸小满的脖子。小满怒火中烧，狠狠地咬了他一口。光头登时火了，站起来扯住小满的头发，嘴里吐着些不干不净的话。

就在那时，门口突然出现那个面色苍白的青年，胸前那个大刀形状的吊坠闪闪发亮。他走进来，似乎一点也不对眼前的事感到吃惊，只是平静地在另一张桌边坐下来，然后对那个扯着小满头发的光头说：“放开她，光头。她是我女朋友。”

那光头很不甘心地松手：“她是离哥您的女朋友？……怎么没听您说过？”

那青年冷笑：“难道我交女朋友还要跟你汇报吗？”

光头悻悻地对小满说了句“得罪了”，转身和其他几个人离开。

“小姐，你十点才下班吧——九点五十，还有十分钟。我要一杯冷咖啡，不加糖。”

小满好容易回过神来，忙去端了咖啡来，一面又有些尴尬地道谢。那个青年也不看小满一眼，只说：“如果这附近有什么流氓一样的人物欺负你，你就说你是陆离的女朋友。”

“陆离……嘁，谁稀罕当你女朋友……我叫孟满。记着，孟满——比你的名字好听！”

陆离诧异地看小满：“还没人这么跟我说话过！我刚刚救了你哎——你对救命恩人说话就这态度？！”

小满倔犟地说：“就算你不来，我……我一个人也对付得了他们！”

陆离哼了一声，二话不说，转身就走。小满一把拉住他：“别……你别走。你走了他们回来我怎么办？你等一下我，我把店门关了……回学校有一段没有路灯的路……”

Chapter 2

小满现在回想与陆离相识的过程，还是忍不住会偷偷笑起来。陆离表面上看起来那么冷酷，可是小满知道他其实只是太孤独。以前他到咖啡屋来，总是一脸疲惫，一脸忧伤，拒人于千里之外，令小满难以接近。但是因为那晚的事，他们彼此就忽然打开心扉。这实在是件很奇妙的事。如果不是那个契机，他们也许就永远都是平行线，没有交点地走在一个空间里。因此小满甚至有些感激那帮流氓模样的人物。

跟陆离走近了以后才发现，他也有很可爱很温柔的一面，偶尔还会开开玩笑。他总是在九点半左右来“蝶恋”，一边喝咖啡一边听歌，等小满下班了就送她回学校，走那段“没有路灯的路”。谁也没作什么承诺，谁也没有要求谁，却就这么默契地走到一起。

老板显然发现了小满与陆离之间不同寻常的关系。有一天他把小满拉到角落里，轻轻对她说：“小满，你是一个好姑娘，是个前途无量的大学生。你将来一定可以发展得很好。你应该好好珍惜自己，不要跟不三不四的人混在一起。这本不是我该说的话，可是小满，我是真的为你好。”

小满不解地问：“是陆离有什么不对吗？”

老板叹口气：“也就你一个人蒙在鼓里。你没见大家都挺怕他的吗？

他是这里黑社会老大的儿子，谁敢惹他？……你自己好好做个了断吧。”

小满半天没回过神来。仔细想想，突然明白很多：难怪大家总避开他，难怪他赊账可以不还钱，难怪他总是不近人情一副很高傲的样子，还有，难怪那天他可以这么轻易地打发走光头。光头明明大他十几岁，却叫他“离哥”……

小满没有像老板说得那样“好好做个了断”。她心里有了另一个计划。

陆离第二天来咖啡店的时候，小满把他脖子上那个大刀形状的挂坠取下来，然后给他戴上一个四叶草形的挂坠。小满对陆离说：“你需要的不是暴力，是幸福。”

陆离被小满突如其来的深沉吓得不轻，他结结巴巴地说：“可可可是，那个大刀，是犬夜叉的铁碎牙啊……”

小满大吃一惊，然后以迅雷不及掩耳之速挂到自己脖子上：“归我了！”

陆离狂汗。他摸着脖子上的四叶草说：“小满，这算不算交换定情信物啊……”

小满差点没气吐血。

小满开始执行计划第二步。她从学校图书馆里借来一大堆讲述善恶的名著《巴黎圣母院》之类的，勒令陆离几天内读完。没想到陆离说：“我都已经看过电影了！”

小满无奈，问他看了什么感受。

陆离一副少有的天真表情：“就是觉得那驼子特难看。”

小满谆谆教导陆离说：“但是他很善良啊……丑陋到极致也就是美了……”

陆离笑嘻嘻地说：“那你不是很美？”

要不是在咖啡屋里当着老板的面，小满一定把陆离打得当场吐血。

末了，陆离收敛笑容，说：“你又是送挂坠又是让我看书，不会是想感化我改邪归正吧？哼，大概你也知道我是谁的儿子了。那么，你想怎么分手？是我不来‘蝶恋’，还是你离开‘蝶恋’另找份工作？”

“我们还没‘牵手’，怎么能说‘分手’呢？”小满笑说，心里骂自己笨，怎么这么快就被揭穿了，然后她正色道，“陆离，听着，我才不在乎你是谁的儿子，我只在乎你是谁。”

陆离好一阵子说不出话来。

Chapter 3

寒假小满没回家，住在学校里。这是小满第一次不在家里过年。小满自己也不知道为什么不想回去，也许是为了陆离吧。小满每天都坐到陆离的摩托车上。陆离载着小满满城乱跑，逛夜市，看电影，购物。陆离调侃说这就是所谓的“大城小爱”。

陆离总是飙车，快得有一种摩托车就要离开地面的感觉。小满很小心地搂住陆离的腰，心总是奇怪地乱跳。飞翔就是这样子吗？

触摸陆离胳臂上那个鹰的文身，小满禁不住说：“我也想文一个。”

陆离嬉皮笑脸地说：“你想文身？文一个小麻雀怎么样？”见小满一副想揍人的样子，忙说：“小麻雀也挺好的呀。你看，无论外面风多大雨多大，都有鹰帮你护驾帮你遮风挡雨。小麻雀想去哪里，鹰就护送它去哪里。”

小满懒懒地倚在陆离怀里。她在心里说，小麻雀哪儿也不想去，它只想跟鹰在一起。

然后陆离接到一个电话。他背开小满说了些什么，一脸神色慌张。

“小满，对不起，今天有急事，不能送你回去了。你可以自己回学校吗？”也不等小满回答，就匆匆跨上车走了。

第二天陆离没在“蝶恋”露面。

第三天陆离在“蝶恋”出现时，神色憔悴。最重要的是，他的右手打着绷带。小满马上明白那天他离开后去干了什么。

“你去打架了！”一离开咖啡屋，小满就迫不及待地盘问前因后果。

陆离只是含含糊糊地支吾其词。

“陆离！你答应过我的……你说过的……你说过你不想在那些人里混了。你说过你早就想摆脱他们了。可是你……你应该阻止他们！”

陆离疲惫地叹口气：“小满，事情没有你想得那么简单。不是我想怎样就想怎样的。有人欺负我们这边的人，如果我是去劝架而不是去帮忙报仇，我的朋友会怎么想？”

“那就离开他们！什么朋友！别在里面混了好不好！”

“可是我父亲……”

“决定你的应该是你自己，不是你父亲！”

“在这个城市里，我没有可能决定自己。”陆离低落地说，“我们这一行有我们这一行的规矩。这是一个泥潭，踩进去就跨不出来了。小满，我都陷在里面二十二年了，我一辈子都泡在泥潭里。生在这里，不知道什么时候就死在这里。没可能出来。”

“你觉得，你在里面，我在外面，我们有可能继续下去吗？”

陆离冷笑：“你怕我会把你也拉进来？”

“是，我怕，我非常怕。求求你，有点勇气好不好。你可以出来的。”

“你根本什么都不明白！你以为你想世界怎样就会怎样。你是千金大小姐，我不过是个社会上的小混混，我怎么配得上你！”

小满摇头，不断地摇头，脸上挂着凄苦的笑：“你见过千金大小姐到咖啡店打工的吗？”

陆离只是冰冷地说：“我们是不同世界的人。我们还是各走各的路吧。”

那晚就这么不欢而散。第二天去“蝶恋”，陆离果然没来，而小满也不屑于打他的手机。连续几天，陆离都没来。小满对自己说，别在意了，忘了他，就像世界上没这个人——反正，就算在一起，也不可能有什么结果了。可是，越是对自己这么说，越发现自己那么在意他。

离新年越来越近，“蝶恋”的老板要回家过年，咖啡屋也要关门了。小满面对冷清的宿舍，忽然好想家，好想好想家。她问自己怎么没回家呢。现在要买车票，已经晚了。

Chapter 4

说了再见是否就能不再想念
说了抱歉是否就能理解了一切
眼泪代替你亲吻我的脸
我的世界忽然冰天白雪
五指之间还残留你的昨天
一片一片怎么拼贴完全

耳膜里鼓荡着 MP3 的歌声，小满独自倚在“蝶恋”门前。街上人来人往。梦色匆匆，行色如风。每天每天，小满就这样和时光擦身而过，和来来往往的人群擦身而过。她觉得自己像站在一个巨大的十字路口，无所适从地看着世界旋转，红灯亮了，灭了，绿灯亮了，又灭了，潮水一样的人汹涌而至，又浩浩荡荡地离开。来了的，走了，走了的，又来了，所有人都在忙碌，除了自己。

很多个夜晚小满就在那儿等着，或者不如说，守望着。六点到十点。站累了，就坐下。人们总是会看到已经关门的咖啡屋门前坐着一个女孩子。她不哭，她总是一副刚哭过的样子。

天冷起来了。

小满等着。在大年三十。

她等着。

然后她看到了。

那个面色冷漠的男子，胸前的四叶草熠熠闪光。一个陌生的女人缠在他身边。他们路过小满的时候，没有看她一眼。因为，他们路过小满的时候，男人吻了女人。他们没工夫看坐在角落里的那个女孩子。

不过没关系。因为仿佛女孩也没有看到他们。应该不是女孩在等的人吧。她一脸漠然，目光穿透几个世纪。

后来开始下雪。小满忍不住笑了。南方的冬天见不到几场雪。大年夜总也看不到雪。太好了。下雪才像过年的样子嘛。小满舍不得走了。对啦。大年夜不就是要守夜的吗？那就守在这里吧。小满看那些雪花摇曳在烟火起落的五色光影里，然后轻盈地落在她发梢上，在她衣衫上，在她冻得发紫的脸上和手上，在胸口的铁碎牙上。小满想让雪把自己埋葬。把天空埋葬。把城市埋葬。把记忆埋葬。把时光埋葬。把青春和爱情统统埋葬，如果她还有的话。

突然雪花不再落了。是雪停了？哦，不，不是。头顶的天空多了一把伞。小满费力地抬头看，看到那张熟悉的冷漠的脸，脸上多了一点心疼的表情。他们面对面凝望了一会儿。

“你还在这里干吗？”

“等人。”小满收回目光，淡淡地说。

“在等谁？”

“他不会来了。”小满的声音像她唇上的雪花一样冷。

“这么冷的天，在外面吹风。你真是……快回去吧。”

“我……这就……回去。”小满说着艰难地站起来，站得那么突然，以至于男孩几乎吓了一跳。然后她开始疯狂地跑，用已经麻木的腿不顾一切地跑，跑，跑，跑向那段没有路灯的路。

小满其实有点希望陆离会追上来。可是没有。身后只有那条没有路灯的街。耳机里适时地响起了 S.H.E. 的歌声。

记得要忘记 忘记
经过我的你
毕竟只是
很偶然的那种相遇
不会不容易

我有一辈子
足够用来忘记
我还有一辈子
可以用来努力
我一定会忘记你

Chapter 5

然后一切忽然又开始正常起来。开学了。“蝶恋”也开门了。小满还是打零工，偶尔写点东西换钱，经济不再拮据。一切都井然有序，正常得让人觉得不对劲。

总觉得少了点什么。

对。少了那个面色苍白的男孩子。

“他？好像坐牢了吧，跟他爸爸一起。”老板漫不经心地说，“哼，还欠我那么多咖啡的钱。便宜他了。”

什么东西在心里“咯噔”狠狠震了一下。

“喏，你看这张报纸：本市最大犯罪团伙……斗殴……抢劫……捉拿归案……”

小满没听清楚老板说了些什么，因为她正努力想看清报纸上的字。可任她怎么努力，她还是没能看清报纸上究竟写了些什么。她眼睛里怎么突然有了那么多液体？

想起她还有陆离的手机号。但是，如她所料，拨不通。

然后小满才发现，自己对陆离了解得那么少。只知道他的名字和手机号而已。

他们是两条直线，不肯弯曲，也不会回首。所以，相交之后说再见。此生，只有一个交点。

后来小满收到陆离的一封信。寄到蝶恋咖啡馆，“转孟满小姐”。信封上没署名。但一拆开信封，小满的手跟心一起抖起来。

小满：

给你写信的时候正在等终审。我爸搞不好会被判死刑，以前弄出过人命来着。至于我，我自己也不知道，估计会有几年徒刑吧。嘁，管他呢。

我只在乎你。我真的只在乎你。你现在一定讨厌我透了对不对？嘿，无所谓了，反正我也不会知道了。我不想解释。也没那个必要。我只是，嗯，只是想让你知道，世界上有一个人这么地在乎你。

那，你知道，我是我爸的儿子（……有点废话）。从小身边的人都对我百依百顺。从小学开始，一直到高中，所有同学要不然是对我敬而远之，要不然就把我当“大哥”，敬若神明。可是没有人喜欢被人当成一个异类啊。从来没有人真的关心我需要什么，我心里在想什么，从来没有人关心我是否开心或者难过，关心我是否寂寞孤独——除了你。

其实早就在注意你了。以前常去“蝶恋”是因为母亲生前常去那里。母亲去世后世上就没有真正关心我的人了（呵呵，也除了你）。后来就完全因为你了。对了，欠了老板很多钱。因为总想着反正天天去，明天可以还。不过现在……嗯，出狱后再想办法挣吧。我游手好闲也有二十三年了哈。

那天跟你吵架。你还记得对不？吵完以后我就开始想。嗯，想未来。主要是你的未来。以前从来没考虑过未来的。我自己倒没什么，习惯了。我担心的是你。思前想后，我想也许我们最好分掉。我怕会连累你。反正我这辈子也不会有什么出息。

可是，怎么分手呢。我不能直接这么说。要不你肯定软磨硬泡拿出一大堆大道理。我会吃不住劲的。所以我干脆消失掉。我消失的那段日子，每天我都到“蝶恋”看你的，看你过得好不好。天哪，我看到了什么，我看到你老站在关了门的“蝶恋”门口哭啊。天气又那么冷。我问自己该怎么办。我得想办法让你对我死心。所以我就扯了一个我爸的女人来。我想依你的个性你一定气得揪我的脖子的。我们吵一架，你难受两天，就会把我忘了。可是你这傻丫头，就这么在雪地里坐着。哎，要命。那天我狠下心才没去追你。

以前说过，无论外面风多大雨多大，都有鹰帮你护驾帮你遮风挡雨。小麻雀想去哪里，鹰就护送它去哪里。现在食言了嘿。鹰飞不动了。小麻雀长大了呀。努力飞吧。看见你飞我就觉得自己也在飞了。要是飞不起来——我踹你一脚。嘿嘿。

好了，小满以后要多笑笑。别老哭哭啼啼的。哎呀不好，我叫你别哭，怎么自己眼睛湿了呢。郁闷。还是忘了我吧。瞧我帮你写了个多烂的言情故事，玷污你人生的白纸了。赶紧擦掉。擦掉再写个新的。

陆离（我讨厌自己的名字！）

小满慌慌张张地找信纸。她有太多话要对陆离说了。太多太多。比她的眼泪还多。这个世界所有纸都不够她用。她要告诉陆离小麻雀怕冷，怕风，怕雨，怕孤单，一个人飞不起来。她要告诉陆离她才不在乎什么黑社会的呢。她现在决定正式申请加入黑社会。她要告诉陆离她想他想他想他。告诉他这个世界没了他好别扭，整个城市的天空都暗淡了。告诉他她会在“蝶恋”等他等他到天荒地老都没关系。告诉他眼泪好烦啊，吧嗒吧嗒老是神经兮兮地往下掉。还要告诉他谁叫他在她人生的白纸上用签字笔乱画呢，擦不掉擦不掉啊……

小满写了很多很多，写完了才发现，陆离没在信封上留地址。

The Last Chapter

两年光阴如流水般从指间流逝。小满已经大四，她必须考虑未来了，不可能一辈子都在“蝶恋”伫留下去。只是，两年，已经足够让一个人对一个地方产生感情了，何况这里还盛放着那么多记忆。

客人不多的时候，小满就找个僻静的角落坐下来，呷呷咖啡，想想过去与未来。记忆里的一切都已经模糊，只有胸前的铁碎牙，铮亮一如畴昔。犬夜叉依然是五十年的犬夜叉，屏幕里的戈薇永远是十六岁。而小满，早已不复当年的天真。

那是个雨天。有雨的春天。没有他的流年。

夜深了。没什么客人。

小满坐在角落里，出神地望着墙上的挂钟。记述时光一定是件辛苦的事情吧。她想。

门口突然出现一个人。

他推门进来。小满起身招待他。

是个二十岁左右的青年，皮肤苍白，眼神凛冽，一脸疲惫，一脸落寞，还有一脸苍桑。穿着洗褪了色的T恤，没有引人注目的发型，胸前的四叶草在咖啡屋柔和的光线下熠熠生辉。可以隐约窥见他胳膊上的文身，是一只鹰。

小满呆呆地看着他。

“小姐，要一杯冷咖啡，不加糖。”

他说，垂着头。声音里没有一丝波澜。

小满端了一杯咖啡来。她端咖啡的手在发抖。她的眼泪扑簌簌地落进咖啡里。

她把咖啡放在桌上。然后她等着。她等这一刻等了那么久，不在乎再等一会儿。她等他把目光交给她，她就把她的青春她的生命统统交给他。

陆离起身，一把将小满连同她的眼泪她的等待她的悲伤一起揽进怀里。

屋外，雨停了。

刘玥，女，1989年11月生于浙江金华。笔名流月。就读于北京大学。获第九届新概念作文大赛一等奖，第八届新概念作文大赛二等奖。在《萌芽》、《读写月报》等杂志上发表文章五十余篇。喜欢读书写作，喜欢胡思乱想，喜欢安静地坐着，喜欢热闹地活着，喜欢冲自己傻笑，喜欢执著地做一件事，也喜欢偶尔开开小差，喜欢农民工的小孩们注视着自己的大眼睛。

第3章

疼痛青春

她用斜斜的眼光巴眨巴眨地看着我们，很美很美。然后霄轻轻地抱住了她。三个人的眼泪齐刷刷流下……

青耳

◎文 / 水格

一

模样清俊的锦明常常引来一些女生的窃窃私语。这他自己也知道。不过，你指望在他脸上看到莞尔一笑也是徒然。他总是一副严肃忧郁的表情，乘电车时很少会找座位，即使有空座，他也乐意握着扶手站着，目光凝成一团，抛向恍惚而嘈杂的窗外，而耳朵上塞着耳机，没有人知道他的耳朵里面响的是什么。

书包斜挎在肩上。褐色校服，里面的白色衬衫不安分地露出领口，纽扣被解开了两粒，露出了少年好看的锁骨。

永远是一副凛冽的不动声色的表情。

像每个俗气的女生一样，唧唧喳喳的周西西在到了青耳中学的第一天，就毫没创意地打量起班里的男生。正是夏天的尾巴上，光线不再像夏日那般灼热。空中的云朵，一朵踩着一朵，在高到看不到尽头的透明的蓝色苍穹里。周西西在最初感叹自己班的男生相貌可以同史努比媲美之后，终于绝望地把视线转往了外班甚至是高二、高三年级的学长们。

那些好看的男生，一一细数，却无接近的可能。

而锦明的到来，则像是一个幸福的炸弹，将周西西炸得面目全非。

周西西说第一次看见锦明的时候，他的眼神是飘着的，总是不能集中在一处，总是东张西望，像是有点恍惚。他承认他那时的确是那样的。会一整天沉默不语，会在傍晚的时候去街心公园看着喧闹的人们发呆，也会在独自穿行红绿灯交替闪烁的十字路口时候突然想哭。就像电影里在表现那些少年的惶惑与不安的时候，会拍出那样的画面：白衣少年垂着头走在一望无际的绿色麦田中，或者站在倾斜的顶楼吹风，看城市连绵不绝的褐色屋顶。

还记得来到青耳中学的第一天：

高一（11）班。手里捏着从教导处打印出来的学号条，斜着穿过嘈杂的操场，书包斜挎在肩上，目光有些拘谨地落在自己的脚尖上。教导处老师的话一遍遍在心里响起：“操场后面的第二教学楼三楼，左拐，倒数第一个教室。记住了吗？”

记住了吗。

记住了吗。

从南方老家离开时，父亲也是这样问自己“锦明啊，我说的这些，你都记住了吗”。满世界都这样待自己。像是自己弱智如同三岁没有记忆能力的小孩子。只是，记住就一定行吗？他站了一会儿想把脑袋里乱七八糟的想法抛到天上去。

“哦，请问你是新来的吗？”女生客气地问道。

整个教室空空荡荡。

风把白色的窗帘吹起来，高高地扬到窗外去。

女生的笑容看过去很古怪。

“嗯。”

“那你是……哪个班的呢？”周西西试探着问，“我的意思是，我们的班主任似乎没给我们说起要转来新同学的。”

“我是……”锦明下意识地抬头看看教室门口的班牌，确认无误后才说，“是高一（11）班。”说着，锦明把学号条递给站在对面的女生看。

女生的手还是湿的。

“真的？”探询的质问。她的神情里有抑制不住的巨大喜悦。

“怎么了？”

一双手毫无顾忌地抓过来，握住锦明的双手，潮湿的水汽立刻将锦明带回到霉烂的南方，那些记忆汹涌横陈而来，而那些正是锦明所不愿意回忆的。所以他有微微的挣扎。他后退，却不能抗拒女生的震动，她甚至从地上跳起来，像是触动了高压电一样大呼小叫着：“啊！啊！啊！”

“真是搞不懂，吃错药了吗，简直是犯神经！”锦明小声嘟囔着。

女生根本不把锦明的话放在眼里。

“我们是同班耶！”像是突然被切断的电路，女生松开了抓住锦明的手，一瞬间，恢复了小女人的状态，声音低下去了八度，由聒噪的麻雀变成安静的燕子，“锦明，你的名字很好听。哦，我是咱们班级的生活委员，如果有什么需要我帮忙的，就提出来哦。”

太过平淡无奇的开始。

因为冷峻异常而总是给人以拒之千里的锦明正式开始了在青耳中学的生活。在一般人看来，这是一个神秘的值得不断探索的金子一般的男生，他的沉默、隐忍以及偶尔的叛逆都让女生们崇拜不已。各种情书就像是冬天的雪花一样扑簌地飞向他的书包桌膛，甚至有人在走廊上拦住他一把把情书塞进他的手里红着脸掉头跑掉。

而他第一次考试就冲进全校前五名更是让所有人瞠目结舌。

在青耳中学，往往是如此，学校很没新意地把几个班级按入学成绩编排为好、中、差三个等次，但名字听上去都挺深奥，什么实验班、平行班、共建班。这些花里胡哨的名字背后，衡量的却是其他错综复杂的社会力量。有时周西西会觉得有点乌烟瘴气。但时间长了，也就无所谓了。

她喜欢青耳中学，这所学校是以这座城市命名的，也是这里最好的重点中学。在这里读书，即使成绩不好，周西西也觉得高人一等。

周西西是个虚荣的小女生吧。

而那些总是占据着学校大榜前几名的男生，往往都是学生会的人，即使惹女生羡慕甚至暗恋，也不得周西西的欢喜，实在是因为太多的男生都像是老师的狗腿子，这样的男生多半心计颇多。而排在中间的大多数男生则非常无趣，沉重的学业把他们的肩膀都给压歪了。几乎是无一例外的，最招蜂引蝶的男生多出自于学校里排在尾巴上的自费班。身高齐刷刷地在一米八徘徊，总是穿最另类的衣服，留最好看的发型。有时候还会躲在厕所里抽烟或者在胡同里斗殴。而这些，最让女生们神魂颠倒甚至疯狂地迷恋上的是其中某个酷似陈冠希的男生。

除了这些，使这个班级臭名昭著的还有他们让人笑掉大牙的成绩——所有人都不指望这个班级能出什么好成绩。老师们也是在谈话间发出“唉唉”的叹息声。能怎么样呢，这个班级?

高一（11）班。

曾一度因为这个班而沮丧过。

而现在，简直像是换了一番天地。

甚至比自己取得好成绩还重要。

周西西像是一个广播员四处炫耀着自己班转来一个又俊又帅的男生，好看得不得了，成绩好到天上去……哎哟哟，简直是……我要晕过去了。

周西西这么叫嚣着的时候，有女生狠狠地掐了她的胳膊。

“嗷”的一声怪叫。“你干什么？”周西西吼道。

“你回头看哦！”

像是感觉到了什么。

一股清新的洗发水味道扑鼻而来。

“嗷嗷嗷——”又是一连串的尖叫，“你怎么跟在我身后？”在她转头的瞬间，真恨不得大地裂开了一道口子，自己掉进去摔死好了，也比这样窘迫要好。

男生的眉毛皱了皱。

然后递过手说："喏，你借的笔记。"

锦明离开后，女生们笑爆炸了。

"哦，暗恋上人家了？""好滥俗的借口哦！还问人家借笔记……""周西西，你可真不害臊哦！""喂，说真的，西西，你跟他关系很铁吧，可不可以介绍给我哦！""……"

"去死去死！"周西西很生气地突破了包围圈，把一群唧唧喳喳的女生抛在身后。

而她的心却如同小鹿一样跳个不停。

二

高一（11）班的花边新闻总是围绕着那么几个主题。

——比如说，某某某为了通过体育达标测试，在跑八百米前吞下了葡萄糖粉，结果比赛中，所有的葡萄糖粉都倒呛了回来。她整个人几乎昏厥在太阳下。知道的人都嘲笑女生的愚蠢，其实大家都不知道的是，她真想跑出全班甚至全年级第一的好成绩。只有这样，那个刚刚从体院毕业的年轻的大男孩一样的老师才会注意到自己。所以，当她勉强支撑到最后以倒数第一的成绩完成比赛时，她非常非常失望地哭了起来。那些跑过来劝她的同学都安慰她说，没事的没事的，大不了补考哦！——她们是一群蠢猪，根本不明白自己在想什么。女生这么想。这是一个关于暗恋的故事，当被周西西从她的日记本里看到之后立刻就成了那一周班级里的焦点话题。

——前一个古董级别的语文老师因为无法忍受高一（11）班的聒噪愤而向校长提出辞职。据内部消息说，学校会调来一位大四的学生来顶替。"是一个男生哦！""据说还很帅！""只是……不知道她有没有女朋友哦！”“生活可真是纠结哦！”……

——锦明和一个女生吵了起来。他甚至扬起手把一本语文书扔了过去。早自习，学习委员带着全班在背诵古文。“夜缒而出，见秦伯，曰：‘秦、晋围郑，郑既知亡矣。若亡郑而有益于君，敢以烦执事。越国以鄙远，君知其难也。焉用亡郑以陪邻？邻之厚，君之薄也。若舍郑以为东道主，行李之往来，共其乏困，君亦无所害……’”周西西在昏昏欲睡中抬眼望了一下斜前方的男生，穿白色的衬衫，肩端得笔直。周西西又开始此起彼伏地联想开去……突然有尖锐的女声打破了节奏，她大喊大叫着。口口声声咒骂着陈锦明。只是谁也听不清楚他们之间到底发生了什么。

锦明说：“你这样吵闹像个泼妇，女孩子不该这样的。”

“……你说我是泼妇？”

“我只是说你这样很像！”

“好啊，陈锦明你这个小王八蛋！”

班级里的男生都哈哈哈地笑了起来，很开心的，一些男生扭动着身子，手掌把书桌拍得噼里啪啦像是爆竹一样响个不停。

而锦明的脸一红一白。

他终于弯下身去，抽出一本语文书，像是抛手榴弹一样抛向了站在他对面的女生。女生很配合地嗷地怪叫一声。然后，血就沿着额角流了下来。

这一次，几乎轮到所有人来声讨锦明。即使是那些很喜欢锦明的女生也纷纷抱怨起来。

“你知道的，校园里最让人讨厌的男生就是小气鬼！”“是哦，一点风度也没有,居然和女生动手！”“你说他是不是有暴力倾向哦！”“……这样的男生真可怕哦！”“……”

周西西宁愿那些可恶的嘴巴立刻烂掉。

像是剜掉了自己身上一块肉，无比疼痛。她很想冲上去给每一个讲锦明坏话的女生一个嘴巴，然后大声地纠正他们：锦明不是你们想象中的男生。

那个早自习，周西西比任何时候都难过。

她看着自己心爱的男生默默地伫立在教室的中央，陷入了流言蜚语的旋涡中心。单薄的白衬衫无风而动。周西西在本子上漫无目的地写着："锦明，我真的好喜欢你哦！"这样密密麻麻地写满了一张纸。一直到老师把锦明从她眼前带走。

像是从一场梦中跌跌撞撞地跑出来。

周西西不敢确信自己刚才写的那些叫人脸红的字。这简直……简直让人害臊！周西西啊周西西，你可真是不要脸哦！

环视了四周，每个人都在做着自己的事。还好，没有被发现，周西西立刻把纸张折起来藏进书包。

越来越多的女生开始讨厌陈锦明了。她们都说他是一个怪人。一开始，周西西还觉得很不爽，想上去和她们争论。幸好，周西西是一个懂得用辩证的眼光看待问题的人，她欢快地想到，自己的竞争对手在一个个减少。那么，自己就有更大的机会和锦明在一起了。

可是不容回避的问题是，陈锦明越来越成为一个恶劣的代名词。他已经恶名缠身。

——又和一个女生吵了起来。

"这个人也太没有一点风度了，还男生呢，不仅不忍让，还要和女生动手……一点同窗情谊都不讲！"

"嗳嗳嗳，人家学习好，说不定哪一天就被调到快班去了，与你处什么感情哦！"

"怪不得怪不得……"

"这种人以后少理他！"

一个男生站起来："陈锦明，你还要脸不？居然欺负一个女同学，你不知道她有心脏病吗？"女生听了这话，立刻更卖力地哭了起来。

锦明动了动嘴唇，却没有说出一句话来。

周西西却说:“闭嘴!都他妈的给我闭嘴!”

——要不是无意,要不是意外,周西西确认自己不会有勇气和锦明站在一起的。那张没有被销毁的“罪恶的东西”在一次值日时候从书桌里掉了出来。而当事人陈锦明正好在,他弯下身,修长的手指把一张纸从灰尘中捏了出来。他的眉毛皱成一道波浪,然后微微舒缓,嘴角向上弯扬,就这样,他满面笑容地转向了周西西。

是探询的语气。无限温柔,接近透明,接近无限透明的呢喃。

“你……喜欢我?”

三

像是一场夹杂着暴雨的过境台风。

整个世界迅速阴郁下来。从最初的惊叹“哇!这个男生真帅啊!”或者“你看你看,他的睫毛比女生的都要长出一点,真是一个尤物啊!”这样的八卦中挣脱出来,周西西却发现自己一脚踩进了另外一个旋涡。

一个光线暧昧的镜头重复回放:

十七层的顶楼平台。有风颤抖着轻吟而过——画面倾斜成一个危险的角度,伤感浓烈地卷过眼帘。穿白衣的少年站在边缘,双臂伸展,如同鸟儿。

距离很近,感觉很远。

头顶有巨大的白色飞机从这个城市起飞,贴着头顶呼啸远去。

锦明仰起头,尽量收回溢出眼眶的泪水。

无济于事。

泪水依然顺着苍白的面部缓缓滑落。

“锦明,你不要跳啊!”情绪的剧烈波及了声音,如同被扭曲,连缀不成完美的弧线。

“你就站在那儿,不许再靠前!”淡得像水,却刺骨一样冰冷。

“锦明……”

“周西西，你再说一次吧。”

“……什么？”

“哦，嗯，就是你写在纸条上的……那些字，你记得的……”

女生的脸迅速红起来。她埋下头，目光落在自己的脚尖上。让周西西脸红的是，居然在老底被揭穿的时候，还有微微的幸福感流过身体。哦，周西西真是不要脸哦！这般在心里作践自己。

“……”

“喂，怎么不说话呢？”男生探询的声音传过来，像是有温度一样，抚平周西西绷起来的紧张，“哦，既然你不愿意说那就算了。不过，我可真是死不瞑目啊！”

一瞬间的无声。

男生转过身体，双臂扬起。

周西西瞪大眼睛，仿佛提前看到了少年飞起来的姿势，像只鸟儿一样，翱翔在空中。可她还是害怕啦。

“……不！”周西西喊着，“我说——”

“哦？”少年转过身，立刻安静下来，甚至有一点羞涩地等待。

“我喜欢你。”

眉头皱起来，却像是打出了一个问号。疑虑还是怀疑？

“我真的喜欢你呢。”周西西近乎眩晕地重复着刚才的话，脸上像被大火烧过一般。

男生的表情看上去依然是在等待。

——哼，老娘豁出去啦。

“陈锦明，我喜欢你！”

眉目疏松开来，有淡淡的微笑：“谁喜欢我呢？”

——嗷，真是受不了他的这种口气，就是再坚硬的女生也会在这温柔的口气之下融化成一堆奶油的。恢复了淑女状的周西西娇滴滴地喊着：

“周西西喜欢陈锦明。”

——嗯，这一次很完美，连自己都被感动了。

周西西的睫毛都湿润了。

“锦明，你从那上面下来好吗？”

男生平静的脸，被笑意一点一点晕开。然后，像是连锁反应一样，越来越多的笑声从身后浮起，越过头顶，四处逃窜，扑向无垠的蔚蓝的天空。

——哈哈。

恶毒无比。

像是突然明白了什么。

在自己身后站着一排男生，幸灾乐祸的他们像是在看一场电影一样指指点点。

妈的！周西西，你这头猪，你被耍了啊！

周西西恨恨地直跺脚。

“陈锦明，你……”

男生的脸和平时没什么两样。看不出惊恐愤怒幸福……是的，什么都看不出，是那么平静的一张脸。

他很无辜地问周西西：“怎么了？”

几个男生越过了周西西，上去一把扯过锦明，勾肩搭背地站在一起。

“喂，小女生，你的表白很精彩哦！”

噼里啪啦的掌声。

口哨声。

嘲笑声。

电车刺耳的笛声。

眼泪掉下来，砸在地上的破碎声。

周西西在自己面前掉下了第一滴眼泪。

锦明突然有点难受。

那些强行被封闭的记忆瞬间崩溃。

那些试图被遗忘的光阴像是一把把剑戟愤怒着插进锦明的身体。

横七竖八。悲惨壮烈。

这些曾经你经历过的，是不可以被轻易抹去的。

即使伤口已经愈合，但疼痛会时常提醒你，你的过去，是如何卑贱地走来。

勾起锦明回忆的，或许仅仅是那样一个动作：一个小孩，垂着头，大风揉乱了她的头发，在城市的头顶，口琴声幽幽飞扬。

白色的鸽子从身边飞过。

你停下来，冲着站在对面的小女孩说，哥的口琴吹得好听吗?

于是她就破涕而笑了。

四

记忆里，那是南方的城。

空气中永远浮动着厚重的水汽。像是使劲一拧，就可以拧出水来一样的。锦明不大喜欢南方的潮湿糜烂。可是有一些事是没法选择的。好比你的出生，你出生的家庭。如果真的有一个机会去选择的话，恐怕锦明宁肯没有来这世上一遭。

“锦明，帮妈妈照看一下妹妹。”妈妈忙着煮饭，拉开了嗓子喊锦明。

“哦——”是声音低低的回应。

记忆中和母亲的对话往往都是这样的，永远不会触及彼此的内心。锦明走过去，一把抱起妹妹，从裤兜里掏出口琴吹给她听。

“哥哥吹得好听不?”

“好听。”小女孩满脸的幸福，“哥哥，我也要学!”

“乖，等哥攒够了钱就买一支口琴教你好不好?”

——妈妈很年轻，下嫁给锦明的爸爸那一年也只有二十二岁而已。而锦明的父亲的年纪却早已过了不惑。至于他们到底是怎么走到一起的，锦明一点也不想提及。——要不是外公家一贫如洗，要不是那时锦明的父亲刚刚中年丧妻又腰缠万贯，估计这一桩婚事是怎么也不可能成就的。所以说这里面……没有爱情。

孩子是爱情的结晶。

可这话放在锦明的身上就不对。

锦明是第一胎，生他的时候，妈妈大流血，差一点把命搭在手术台上。所以，从出生的那一天起，妈妈就冷淡待锦明，说他是扫帚星，差点掠去了她的命。这么说的时候，年幼的锦明就眨着他忽闪忽闪的大眼睛非常无辜地看向别处。他不敢看妈妈的脸。那是一件非常残忍的事吧。

晚自己五年出生的妹妹锦卓非常漂亮、乖巧。也得母亲的喜欢。到锦卓出生时，父亲做生意不仅赔了买卖差点还被关进监狱，算是倾家荡产才保住了安全。饶是这样，也常有上门逼债的，把一家人闹得鸡犬不宁。

就是那一年，锦卓来到了这个嘈杂的世上。

母亲疼爱锦卓，锦明一点也不妒忌。

甚至心甘情愿，甚至愿母亲对她更好一点。

他常常觉得锦卓其实比自己还要有一万个理由不来这个世上。即便是母亲待她甚过自己好。和锦明比起来，锦卓从呱呱坠地的那一天起，这个家唯一的财富也被人洗劫一空了，没了钱，他们再拿不出什么东西给锦卓了。

而锦明虽然没有爱，可是，在他先来的五年里，这个家庭所能提供的最极限的奢侈、荣华，他都一一享用了。从高到低的落差，像是天和地一样辽远又能怎么样，看到锦卓喝一袋奶粉都要父亲出去蹬一天的三轮车时，他就不那么绝望了。

自己是比锦卓幸福的人。

有一些裂缝的出现。

没有人有力气或者有热情去弥补它。

这个家庭没有任何一个人乐意。除了年幼无知的锦卓之外，每个人都心怀怨气。正是人生顶峰的父亲一不小心从高高在上的山峰上跌落下来，摔得鼻青脸肿面目全非，看待世事以及人生都怀有一种粗暴的态度。会常常无端地殴打母亲。而正因为这无端而来的殴打，年轻美貌的母亲更是对这原本就不满意的婚事持有了一种破罐子破摔的潦草态度。锦明呢，看起来是个小孩子而已，却已经满怀心事，常常崩溃在父母的吵架中，甚至绝望地想他们怎么不就立刻死掉了呢。

学校里，锦明是属于那种兔子一样安静又敏感的学生——他的所有潜质像是被埋没在海水里的冰山，尚未显形。

——成绩处于中游。说不上好也讲不到坏，倒是人长得白白净净的，惹得几个老师的欢喜，会常常在课堂上叫他站起来回答问题。可是他生性胆小避世，像是刺猬一样怕和陌生人接触，而稍微嗅到危险就立刻封闭自己，别人很难进入他的内心世界，何况是为一道社会规则所隔绝着师生关系。一些老师也常常觉得锦明这个孩子实在是无趣，最后渐渐放弃了他，把目光转向他处。而锦明呢，就这么安静地，近乎没人注意地成长着。一直到有一天……

正是南方的梅雨时节。

那一天，父亲在朋友家喝醉了酒。先是母亲劝酒，叫父亲少喝一点早点回家，父亲脸上就有一点挂不住——也是生活不如意吧，抄起板凳来劈头盖脸地冲母亲头上砸去。可他年纪毕竟大了，砸了几下，一探腰的空隙里，叫母亲躲让了过去，而他的那一记重重的袭击不偏不倚地砸中了主人家十五岁的男孩。鲜血沿着额头刷拉刷拉就流了下来。所谓的主人，不过是原来父亲提拔起来的下手，比他小上那么几岁而已。可今非昔比了，情势急转直下，父亲的酒当时也就醒了大半，探手过去拉那孩子的手，孩子狠狠一甩，让父亲尴尬地落了空。朋友

勃然大怒，将父亲扫地出门，而那一晚饭桌上尚未张口提出的请求就这样溺死腹中。

从朋友家里出来时，天正下着雨。

哗哗哗哗——

嘈杂。单调。

像是这个世界再不会有任何变化了。

眼神沿着哪一方向望去，看见的都是这个世界走不通的角落。

锦明跟在父亲身后。

深一脚浅一脚地踩在雨水里。鞋带散了开来，却不敢弯身去系起来。雨水斜斜地从天上落下来，额头上、手腕上……浑身一片冰冷。晃啊晃啊晃啊……那个身影，像是一座崩塌的山，在锦明的眼前一点一点分崩离析。

而母亲早已先于自己和父亲夺门而逃。

是一条逼仄而狭长的小巷。抬头所能看见的天空，也仅仅是被城市的高楼所切割后的不规则的天空，更何况从天上掉下来的无穷无尽的蒙蒙细雨呢。

这城，多像是一座岛。

一座飘浮在茫茫海洋中的岛。

夜晚到来，城市就以一种无声的姿态陷入了海洋深处。每一个人都变成了一条无声的鱼。没有任何言语。只有空洞的声音。一路上，父亲不停地咒骂那些陷害了他的人，一路上指天骂地，像是全世界他是最倒霉的那个人。

也许真是这样，他是全世界最倒霉的那个人。

那个晚上，母亲没有回家来。

独自在家的锦卓哭了整整一个晚上。像是一个小玩具娃娃一样，大眼睛忽闪忽闪地眨动，她揪住锦明的衣角问妈妈哪儿去了妈妈哪儿去了。

锦明把锦卓抱到自己的床上，搂着她昏昏沉沉地睡了一晚。

晨光微露。

天色一点一点转白。街道上开始有人说话的声音，比起白天来声音更是清净通透。雨水敲打地面的声音成为这个世界的背景。贯穿了整个黑夜的持续不断的噩梦使得锦明浑身冒汗。他盯着牙齿打着冷战咯咯作响的锦卓，像是忽然意识到什么。赤着脚下床，把窗户拉开，然后，锦明看到了母亲，还有……

还有一个男生。

或者是男人?

即使是匆匆的一瞥，也确定那是一个仅仅二十岁左右的男人，下巴上还干净得像是一块不毛之地。他们一起出现的画面对锦明来说是一个危险的信号。他穿着那件蓝色背心，雨水被风吹进屋子落在他赤裸着的小臂上，一片冰凉。惊恐在他的脸上被不断地放大。而楼下那一对男女还沉浸在自己的世界里。母亲小鸟依人一般靠着男人的肩，一步一步走过来。在楼下的门口，两个人匆匆说了几句话后，男人撑着伞转身离开。

整个过程都是无声的。

看不出所谓的真相或者究竟。

锦明折身回来。

他先是给锦卓拉了拉被子。

手放在她的额头上，一片滚烫。

所以在见到母亲的第一眼顺嘴说出的那句话也许只是无心而非有意。门在没有被敲响的时候就已被打开。母亲，这个年轻的女人脸庞上露出微微的惊讶，甚至警惕得想转身下楼。而当门被缓缓拉开，锦明的脸露出来，她方才安心了。

“妈，我爸他还在睡着呢。”

“他好吗？”

“……”

“锦卓呢，我想看看她。”

“她好像发烧了！”

母亲脱下外套，匆匆奔进卧室去看锦卓——或许正是因为锦卓的发烧才多挽留了母亲几日吧。

看着母亲的背影。美丽的背影。那一刻，锦明多年来对母亲的怨，一点一点被冲淡了。像是这个季节的雨水，将街道上一切污鄙的脏东西冲刷得一干二净。而那些刻在记忆里的怨艾真的就可以被一个略显伤感的背影所刷新吗?

五

川夏在厕所门口堵截到锦明的时候长长地嘘了一口气。

无论从任何角度来看，川夏都是要作为小男孩的尺度来衡量的。他的明亮清澈的眼睛，线条圆润尚且保留着儿童时期特征的面庞叫人顿生怜爱之情。唯一使人觉得有些不相称的就是他的身高，早在初三开学的体检时就被评为全班级增高幅度的冠军了。——尽管他不是全班最高的那一位。从一米六二一下蹿到一米七三。这真让那些上个期末还拍打着川夏的额头一口一个弟弟叫个不停的女生们瞠目结舌。她们现在即使踮起脚来做这件事也显得要费力一些,更何况，这个动作在当下看来早已超越单纯的范畴而义无反顾地冲着暧昧的方向发展。虽然每个女生都蠢蠢欲动，但还没有谁胆子大到可以身先士卒。

川夏是所有女生们的宝贝。

他长不大。

所以他不会交女朋友。

所以他永远是女生们甚至是一些恐龙们希望的所在。

所以她们竭尽全力地宠爱他、呵护他，极力地绽放着各自的母性情怀。可是又没有谁敢逾越雷池一步。——实在是抱有这种想法的女生多到像是天上的星星一样数不过来，要是谁敢先跑去勾引了川夏，她一定会死得很惨。

即使是这样，也有最让女生们嫉妒的人，是一个男生，叫锦明的男生。

如果把川夏比喻成一头生龙活虎的梅花鹿，那么女生们则愿意把锦明叫做不动声色的雪豹。他像冰一样寒冷并且坚硬。越是让女生们捉摸不透越是具有迷人的魅力。在学校里，能跟川夏媲美的男生，那就只有锦明了。而他却偏偏不容任何人靠近。沉默、坚定，永远看不出他脸上是什么情绪的表情，也永远不要指望他说出多余的话，当然就不要提女生们所希望他说出喜欢谁这样的八卦了。

而他的眼底，却常常郁结着一片清澈的氤氲。

可是这样的两个人，却偏偏走到了一起。

川夏和锦明。

是一个致命而完美的组合。

额头上缠着绷带的川夏很开心地笑起来。

“锦明哥……”

锦明抬起头，看过去——

川夏一身的热气腾腾，汗水从脸颊处涔涔淌下。像是遭遇了天大的喜悦，眉飞入鬓，嘴角上扬，如同一个俊美的小王子。

迟疑的口气：“哦……你……有事吗？”

“哦，那个……”小男孩的眼睛闪闪有光，“那个……对了，锦明哥，你说……中国旧民主主义革命失败的原因和意义的问答题呢？”

如果说锦明是本来绷紧的一张弓，现在却因为这句话，抓住这张弓的手松开了。整张弓因为力的突然消失而裂口收缩、震动。锦明忍不住地扬起手去揉搓装出一本正经的样子来请教问题的川夏，然后嘴角也微微翘起。

“你小子跟我装是不是？”

“真的，据传说，你一向压题目压得很准确的。”

“传说？”看着川夏还是一本正经的样子，锦明折身走回洗手间，而川夏也跟了过去，同时还不忘大呼小叫着：“喂，你还没有回答我的问题呢！喂，你不刚刚上过厕所吗？难道你对厕所情有独钟……难道……”话还没有说完，川夏就立刻为自己的弱智而感到悲哀了，锦明在水龙头下掬了一捧水，回身就扬了川夏一脸。

嗷的一声怪叫。

走廊另一侧的教室跟着发出爆炸一样的笑声。

锦明和川夏大眼瞪小眼：“坏了，老师肯定会出来收拾我们的……”

愁眉苦脸的川夏撅着嘴说：“怎么办？”

“是男教师还是女教师？”

“女的。”

“赶紧藏到厕所里去！”

两个无所事事地蹲在厕所里，隔着一面墙说着话。

“我以为你不会再理我了呢。”

“……”

“喂，你怎么不说话？”

“川夏，我爸爸那天……他喝醉了酒，我想，他，他也不是故意要那样的……”

“……”

“川夏……川夏……你在听吗？”

“锦明哥……我告诉你一件事啊。”

“什么事你神秘兮兮的？”

“算了，我还是不说了！”

“靠，你说话怎么像便秘似的，快给我把话说完！”命令式的语气。

“锦明哥，你说得可真恶心，难道你真的有厕所情结？”微微顿了一下，连同语气都转为少有的凝重，甚至在某一瞬让锦明有了一种错觉，这个在一壁之隔与自己说话的人，并非那个眼神炯炯的小男孩川夏，而是一个了不起的侦探家。他所说的，正是锦明所迷惑的。“锦明哥，我说错了，你可别怪我——那个，我看见你妈妈和一个男的在一起……抱着，还……还亲嘴……”

想必是下面的话川夏也羞于说出口，声音越来越小，细得像蚊子一样。

而与此形成强烈对比的，则是一声地雷爆炸似的震耳欲聋。

“好小子，还亲嘴……快点给我滚出来！”女人的声音，“你们俩逃课，扰乱课堂秩序，还躲藏在厕所里交流黄色小说，是不是不想读书了？我给你一分钟时间，再不出来我就冲进去啦！”

并排靠着教导处的墙壁站着。

黑着脸的教导处老师手握着教鞭耀武扬威地训斥着。

“太不像话了，你们俩这种好学生怎么会犯这种错误，要是传出去是不是要被人家笑掉大牙？是不是？”

锦明抬起头说：“要不要把我们隔离开各自写检讨，并叙述事情经过？”

“你？”把教鞭往地上一摔，“去把你们的家长请来——”

六

锦明是请不来自己的家长了。

母亲是在那一天走的，确切地说，是私奔。和锦明所不熟悉的一个男人私奔。其实本该有所警觉，可锦明一直回避着现实——如今恐惧真的成为现实，锦明的心反而垂下来，沉到水底。

譬如说，那天看见一个男人为她撑伞。

譬如说，川夏告诉他母亲和别的男人搂搂抱抱。

再譬如说，今天是锦卓的生日。本来父亲说好简单做几个菜就好。可是没想到母亲早早地就起来，近乎铺张浪费地做了满满一大桌子饭菜。大约是凌晨四点的时候，房间里就有了母亲起床的响动。一袭白衣，衣角轻盈如同白鸟。锦明能感受到某种气息的逼近。

额头上有温暖的气息靠近，锦明闭着眼等待，终于是一只手落下来，摩挲着锦明的脸庞。微微睁开了双眼……

“妈，你怎么起这么早？”

“嘘——”女人把食指竖起在唇边，示意锦明不要吵醒别人。

“锦明啊，今天是锦卓的生日，你想吃什么好吃的？”

锦明眨了眨眼睛：“妈，问问锦卓想吃什么吧？”

“从今天开始，锦卓就要依靠你了，所以锦卓的生日也是你的生日呢，你可一定要好好待她哦！以前妈待你不好……”

像是被什么东西袭击，母亲的眼泪流了下来。

甚至有一滴落在了锦明的脸上。

他从被子里抽出手去擦。

母亲克制着自己激动的情绪：“锦明，你再多睡会儿，我去给你做红烧肉。”

——锦明没有想到，那一顿早餐竟是全家四口的最后一顿饭。父亲最晚一个起来，穿衣洗漱后看到满桌的饭菜，当时胃口大开，嘴巴上却还是抱怨着母亲为什么要这么铺张奢侈，不过是小孩子过生日而已。母亲淤青着的嘴角微微上扬，形成一个不动声色的微笑，却一直没有说话。那顿饭之后，母亲目送锦明和父亲去上学、上班，然后整理家务。

川夏陪同锦明一起回家找家长。

两个人心事重重。

说到底，锦明和川夏终究还是不一样的人。一个太过早熟，而另外一个则太过通透。川夏是锦明只一眼即可洞穿的孩子，藏不住任何心事，他待他好，只是迫于父辈之间的关系，更何况，时下家庭破败，处处要指望着川夏的父亲帮忙；而川夏是真心实意地把这个大自己三个月的锦明当成哥哥来对待的，锦明喜欢着的一切都成为川夏的标榜，他会对着一群围着自己的女生大声宣布如“我最喜欢耐克牌的运动鞋”、“长大后我要做最伟大的CEO”、“我不喜欢猫！”之类的个人喜好时不好意思地回头看看，如果恰巧锦明站在他身后，他的脸就会立刻红起来，然后恢复小孩子的模样连蹦带跳地跑过去拉住锦明的手告诉那些瞠目结舌的女生：

“你们知道吗，锦明哥哥是我的偶像呢！”

有胆大的女生说：“是呕吐的对象吗？”

呵呵呵。

女生们愉快地笑起来。

所有人里只有川夏一个人认真。他举起拳头跃跃欲试，想要和那个女生理论一番，却被锦明喝住：“你怎么这样，小气到和女生计较！”

“可是她说你的坏话！”

“唉，你什么时候可以长大啊！”

女生们也都学着锦明的样子，在临走的时候拍拍川夏的脑袋：“小弟弟，你什么时候可以长大哦，等你长大了，你就不会整天缠着你的锦明哥哥了，你会发现，妹妹比哥哥更好玩更可爱……哈哈哈哈……”

有时候，锦明真的很羡慕川夏呢。

他为什么永远像个几岁的孩子一样天真。

而事实上，他已经十五岁了。

家里一片狼藉。

父亲颓然地坐在房间中央。

锦卓在哭。

“妈妈，我要妈妈……”

对面楼房的窗口里有调皮的男孩扔了一架又一架纸飞机出来，乘着风势，飞满了一天，它们的身姿硬生生地在尾巴后拖出一道貌似金色的痕迹来。

是真的吗?

是真的吗?

就如同母亲私奔这一件叫人羞辱的事一样，它是真的吗?

眼泪一点一滴地落下来。

他走过去，将锦卓紧紧地抱在怀里。

七

周西西激动得说不出话。

像是有电流从全身穿过，除了麻酥酥的感觉之外，很难再用什么方式去形容。甚至于母亲早已在身后用异样的目光打量着自己，甚至早就得知这样拿腔捏调的语气肯定会叫母亲雷霆大怒，甚至……甚至什么也不能阻止周西西爆发了十六年来全部的母性的温柔。当周西西这么想着的时候脸忍不住红了起来。

“可是……后来呢?”周西西握着话筒，等着电话线另外一端的锦明。她甚至能够想象出锦明的样子，柔软潮湿的头发，清澈氤氲的眼底，线条硬朗而分明，男子汉一般的面孔，只是过于恬静而白皙的皮肤使他一眼看过去就知尚且是一个少年。下巴上生长着叫周西西想用手去触摸的柔软的胡须。

啊，是这样的美少年啊! 周西西在心底大声呼唤着。

如果是可以被他搂在怀里，该是怎样的幸福哦!

男生的声音有点疲倦。

“后来啊……”锦明这个晚上已经说了很多话了，他也很是莫名其妙，为什么会把这些话说给周西西听? 难道仅仅是为了那天的事所做出的道歉吗? 人真是奇怪的动物呢，一心想看透感情、生活，却始终都是徒劳。不要企图看透吧，只需体验就够了吧。就这么稀里糊涂地往前走着。

这个周西西，是会让自己的人生拐一个弯的女生吗？

会是吗？

他说：“我有点累了，我姑妈叫我睡觉。不早了，以后再说吧。”

他这么说显然很扫周西西的兴，但怎么可以强迫自己心爱的男生继续他痛苦的回忆呢？所以周西西也只好遗憾着但仍保持着用甜美路线的声音说：“那，晚安，做个好梦。”

男生的反射弧像是一下子增长了不少。

一秒、两秒、三秒……

过了很长时间才呆呆地说：“那，再见。”

“再见。”

不出所料，电话一挂，母亲的拷问就排山倒海地冲着周西西砸来。

不过她突然觉得自己很伟大，就像是革命小说里写到的江姐一样，就是你拿竹签扎进我的手指缝，我也不会告诉你一个字。

她花枝招展地把母亲抛在身后一个人回了房间。

母亲一脸的愤怒。

与周西西讲电话的那个晚上，锦明缩在被窝里抽抽搭搭地哭了。

一点都不像一个男子汉。

常常觉得，每个人都是一座不可逾越的孤岛。内心藏着不为人知的深幽。即使是一束光探射进来的温暖也不要指望。人越是长大，这岛就越孤独，像是与世隔绝。

那些曾经以为会念念不忘的人，父母，锦卓还有川夏，除了某些叫人刻骨铭心的记忆里还牵连着他们的血肉之外，锦明甚至在某一时刻想不起他们的样子来。

母亲走后的半年里，父亲除了酗酒就是酗酒。

仅有的一份工作也放弃了。

他不敢言语什么，毕竟父亲的年龄放在那儿，他只指望着父亲的身体能够健康，不要出什么乱子。可是他却疏忽了锦卓。

在母亲走后的一周里，锦卓再次发烧。

她哭着喊着要见妈妈。

即使是锦明跟着妹妹一样眼泪溃不成军，即使是他如往常一样吹口琴哄妹妹开心，即使是忍着饿给妹妹买来她最喜欢的巧克力……即使是用尽了锦明的浑身力气，他也不能够让妹妹开心起来。他知道，这个家是塌了。

少一个人，就不再是一个家了。

可是他又有什么办法呢?

而最让锦明内疚的是，他实在不该去参加川夏的生日。

“去吧，锦明，要是你不来，还有什么意思呢?”川夏在电话里像是小孩子撒娇一样地请求着。

“……哦，还是不去了吧。我……”锦明试图推拒。

“我还等着你的生日礼物呢!”小孩子的劲头又冲上来。

——其实最让锦明为难的，恰恰是这一点，他真的不知道该送点什么给川夏。仅有的一点钱连支撑生活尚显得捉襟见肘，却还要分出一笔来做生日礼物这样奢侈的事情，是多少会叫锦明心疼的。

是我不够朋友吗?

是我小气吗?

他握着电话说不出话。委屈的眼泪却在眼圈里打着转，看不清楚玻璃后面躺在床上睡觉的锦卓。

放下电话，穿上外衣。刚要出门的时候，天空响起了巨大的轰鸣的雷声。像是要把天空劈开一样。又黑又厚的云朵从天上飞快地滚过。锦明折身回来。叫醒了锦卓。

“锦卓，哥哥去给川夏哥哥过生日，你在家等爸爸回来，别乱跑啊。”

“哥哥，我也要去。”

一声忽然的雷鸣把锦卓吓了一跳，她从被子里爬出来蹿进锦明的怀里：“哥哥，我怕，你也带我去吧。”

——这真让锦明为难，如果带了妹妹去，那些同学指不定要如何笑话自己呢。一定会说送了一点小礼物，还带着妹妹来，唯恐吃不回去。这样恶毒却俗气的想法是锦明所恐惧的。他俯下身把锦卓抱回被子里，轻轻地在她的额头上吻着。

“锦卓听话哦，哥哥去一会儿就回来，你要好好地等着哥哥，哥哥回来的时候给你带蛋糕吃好不好？”

“好。”

锦明那天给川夏买了一个小蛋糕。花了不到十五块钱。而当他推开川夏家门时，桌上摆放着的那个巨大的蛋糕立刻让他手中的显得可以忽略不计。只是川夏仍然很开心，甚至还惊呼着“我最喜欢吃巧克力味道的蛋糕啦，还是锦明哥哥了解我的癖好”。其他同学的眼神里却纷纷流露出不屑。

那天同学们都喝了不少酒。

锦明也是。

外面的雨越下越大。

几乎是成柱地从天上倾盆而下。城市像是飘浮在雨水里的一条大船。锦明被迫在川夏家多停留了一个半小时。当他提着裤管撑着雨伞，顺便在已经打烊的便利店苦口婆心地央求人家卖给他三块钱的小蛋糕之后，时间已经到了四点半。因为是阴天，天空的黑云一层压着一层，低得几乎要从天上掉下来。

“锦卓！”还没有推开家门，他就叫了起来。

却没有声息。

“锦卓！哥哥回来啦，是不是饿肚子啦？”

依旧没有声息。

心跳骤然加速，整个人像是掉进了一口孤井，无助感迅速蔓延全身。撇下雨伞，跑进锦卓的房间。锦明所看见的是：不知怎么搞的，锦卓浑身湿淋淋地躺在床上，翕动着惨白的嘴唇，浑身瑟瑟抖动，牙齿不时咬出咯吱咯吱的响动。

“锦卓，你怎么了？”

“哥哥，我好像……是发烧了。”

手探过去，抚上额头，灼热得几乎要将锦明冰冷的手掌融化掉。

“锦卓，你怎么搞的？”

锦卓苍白的脸上努力绽放出一个笑容来。

“哥哥，要下雨了，我去帮你收衣服。”

锦明回身，注意到墙角整齐地叠放好的一摞衣服。

“锦卓，哥哥带你去看医生。”

“哥哥，你给我带的蛋糕呢，我饿，我想吃一口……”

几乎是慌张的，就让揪心的眼泪掉下来。锦明克制着自己的感情，自己是锦卓的依赖，在她的面前一定要坚强。转身，把那块廉价的小蛋糕的包装袋解开来，用小勺挖起一块递到锦卓的嘴边。

“好吃吗？”

八

锦卓死在那年夏末秋初。

医生说是脑囊肿破裂。之所以会产生这个囊肿，是由于发烧引起的。医生把锦卓的尸体往停尸房推去的时候，锦明像节木头一样“扑通”一声躺在走廊上阻止了去路。医生把他扯起来，他又冲过去，死死地抱住锦卓。

还是父亲强行把他抱住，医生们才匆匆离去。

然后那条寂静而幽长的走廊中立刻就灌满了锦明撕心裂肺的哭声。他的嗓子哭到支离破碎，在锦卓死去的一个月内，甚至说不出一句话。父亲颓然地坐在走廊一侧的椅子上低低哭泣着。夕阳的光线穿越沾满了灰尘和污垢的玻璃投射到漠然的走廊上，把父亲的身影衬托成一种孤独而伤感的所在。

走廊的尽头，响起一个小男孩的声音："锦明……"

视线在接触到从走廊尽头走来的那个人开始变得锐利而恶毒起来。身体像是被注入了能量。他跑起来，甚至可以称之为虎虎生风。显然，突然冲过来并且像豹子一样向自己袭击是川夏所不能预料的。

一巴掌抽了过来。

"啪"的一声，五根手指的印痕清晰地留在脸上。

"锦明……"

"啊啊啊——"愤怒和仇恨贯穿了锦明的胸膛，他跳起来，扯着川夏的领子，把他的头撞向坚硬而潮湿的墙壁，一边撞一边叫喊着，"你还我的锦卓，你还我的锦卓……"一直到声音渐渐低下去，也一直到川夏的额头上流满了鲜红的血液。

"陈锦明……从此以后，你再也不是我的朋友了。"川夏从来没有用这种语气对锦明说过话。即使理智尽失，他还是扭过头去有气无力地看了一眼刚刚才从地上爬起摇晃着身体向外走去的川夏，而他走之后，夜晚彻底降临。

天光尽失。

黑暗笼罩了一切。

那个冗长的夏天也一转身消失了踪影。

冷秋就这样降临了。

父亲随后得了脑血栓。近乎半身不遂。锦明被父亲一纸信函送往了北方的姑妈家。这便是锦明的故事了。窗外下着雨。锦明和衣躺在床上，再一次想起了周西西，她穿着白裙子，低着头站在天台上哭泣的样子，真的，真的是有一点像锦卓呢。

那一晚，锦明梦见了锦卓。

梦见了那样一幅画面：一个小孩，垂着头，大风揉乱了她的头发，在城市的头顶，口琴声幽幽飞扬。

白色的鸽子从身边飞过。

他停下来，冲着站在对面的小女孩说，哥的口琴吹得好听吗？

于是她就破涕为笑了。

水格，1981 年出生。新生代青春小说作家。连获第四、五、六届新概念作文大赛二等奖。出版短篇小说集《十七楼的男孩》；另著有长篇《一个人的海市蜃楼》《半旗》等。被媒体评为“80 后五才子”之一。

门外的女孩

◎文 / 奉波

那片云从天边飘过来，洒下一阵阴冷的雨，小城的青石板路上积满了深深浅浅的水洼，整个小城弥漫在一层薄薄的雾气之中。在城西靠近护城河的地方，有一座青砖灰瓦的小院子。院子里长着几株枫树和香樟树，它们的叶子在风里四散飘落，铺满水井和水泥球台一带。子若站在门外的走廊上，她的白衣黑裙被风吹得飞起来，看上去像一只浮在天空里的风筝。她的头发胡乱地垂肩披着，也不记得用发线束一下。她把两只手交叉着护在胸前，一只手里提着一个商场购物用的塑料口袋。她侧着身子朝敞开着的门内看了看，里面只有一个少年坐在椅子上，手里翻着一本封面磨损的书。那个少年看见了门口立着的女孩，他放下书，想把她请到屋里来。可是子若摇了摇头，她说，我就要走了的，我要去赶最后一班车。我已经买好了火车票，再过半个小时就开车了。

少年点了点头，他的脸上显出一种惋惜而又无可奈何的神色。他看见子若瘦小的身子不时地颤抖一下，他说，你站进来一点，站进来一点说话，门外的风很冷，你这样会感冒。

子若还是摇了摇头。我马上就要走了。她说。

他还是没有回来吗？

子若点了点头。

她把脸偏向一旁，顺着走廊往右侧望去，那扇被刷成绿色的门还是紧紧地闭着，门上挂着一把黑色的弹子锁。走廊的尽头，有一个小小的露天阳台，阳台中间悬着一根铁丝，铁丝上有两件忘了收的衣服，像一个什么动物的外壳在空气里飘来荡去。

她的眉头渐渐地锁了起来，脸上出现了一种悲伤哀怨的颜色。你知道他什么时候会回来吗？她问。

不知道，他已经走了好几天了，走的时候连个招呼都没有跟我打。

我不能再等了，我已经等了他整整两天了。她伸出手，把垂到眼前的一绺头发往脑后勾了一下，别在右边的耳朵上。她看了看表，说，我得赶去车站了，马上就要开车了。如果他回来，请你打电话告诉我，可以吗？

如果他回来，我一定会告诉你的。

你知道我的电话号码吗？

知道，你上一回已经告诉过我了。少年立起身来，把一件黑色的运动外套披到子若的身上。他说，外面的风太大了，你穿我的衣服吧，我刚洗过的，没有汗味。

子若抬起头看着眼前的少年，有那么十秒左右的时间。她的眼里有一种液体在涌动，变幻出各种奇怪的图案。她好几次嚅动嘴唇，像是要说点什么，但是没有开口。

泽寒，谢谢你，最后她说。说完，她转身下了楼梯，从院子西边的侧门走出去了。少年站在阳台上，看见那个纤细的身影过了石桥，渐渐走进灰色的雾气之中，消失在视线的尽头。

小雨每个周末都会来看泽寒，替他收拾房子，清洗一个星期以来堆积的碗和衣服，然后坐最后一班电车回去。小雨来的时候外面的雨还没有停。泽寒站在窗前，看着外面纷纷扬扬的雨、公路上急驰而过的汽车，以及披着雨衣匆匆赶路的行人。他从窗里看见小雨从河对面走过来，上了石桥。她穿一件黑色的呢子外套，手里撑着一把同样颜色的雨伞，仰起头朝着他微笑。她咚咚咚地上了楼，推开虚掩着的门，将肩上的包扔在床上，一边拍打身上的水滴一边说，这天气，说变就变了，才十月份呢，一下雨，冷得跟冬天一样。

泽寒拿了一块干毛巾给她擦头发。他说，下这么大的雨，我打电话叫你不要来的，你还来，着了凉肯定得生病。

小雨擦干了头发，将毛巾递回给泽寒。她说，我本来也打算不来的，可是我不来，你的房间肯定脏得像猪圈一样。你呀，就是永远都不知道怎么照顾你自己。

泽寒笑了笑，说，我这人邋遢惯了，一时半会儿也转变不过来。

转变不过来就不转变，我多跑几趟就行了。我看，你还是娶了我吧，我这人勤快，饭量也很小，又没有狐臭，娶回家也不算太吃亏的。

泽寒停顿了一会儿，他没有说话，他不知道该说什么好。天很快黑下来了，因为没有开灯，屋里的光线很暗。他走到门旁，拉亮了灯，想了想，又把灯拉熄了。

小雨，对不起，我不能给你任何承诺的。我打心底里觉得你是个好女孩，可是我自己还没有做好准备。

这也需要什么准备？

是的。我不知道别人怎么样，但在我来说是需要的。喜欢一个人，就要喜欢她的全部，不管怎样都想要和她在一起，一起生活，走以后的人生；要是冒冒失失就在一起了，以后又发现彼此不喜欢，没法在一起，那不是很难受吗——这么重要的事情，你说是不是要好好准备一下？

我跟你想的不一样，她说，我才不会想那么多，先喜欢了再说。我知道这样有时候免不了要受伤害，会分手会难受，这是谁也无法预料的。但是，我会尽一切努力，尽可能地争取在一起——如果那样还是无可挽救的话，也就没有什么好后悔的了，你说对不对？

你真的不后悔吗？

真的不后悔。小雨把牙咬起来，握紧拳头说，我从来都没有后悔过。

你今天怎么出来的，是逃出来的吗？泽寒问道。

这次不是。我向老爸撒了谎，说无论如何要去看一个病重的朋友，不然我一辈子都不会安心。我说得有模有样合情合理，我以为这次肯定成功了——可结果还是没有骗过我爸爸去。

那，怎么……泽寒笑起来，难道又像上次一样，在他面前软磨硬泡哭哭啼啼个没完？

我正打算这么做，可他忽然跟我说，你是要去看那个以前经常在我们楼下吹口哨翻跟斗的家伙吧？把我吓了一大跳。

他怎么知道的？你承认啦？那他是不是又说，如果你敢去找他，我就抄起扫帚去打断那小子的腿？

也不知道他怎么知道的。他没有这么说。我现在肚子很饿，先做饭，等吃了饭再慢慢跟你说。

泽寒走到走廊上朝外面伸了伸手，雨已经停了。今天晚上我们不做饭，到外面去吃。他说。

那真好，我正懒得做饭呢。我们去吃什么？

都听你的，你说上哪里都行。

那我们去吃水煮鱼吧。小雨说。

她挽住他的手往新门街的方向走去。那里有一家川菜馆，以前他们去吃过一回，但是里面的菜太辣，无论什么上面都浮着一层辣椒，所以后来就没有再去。因为是周末，街上来来往往地走着许多人，都成双成对的。

我们这样走，别人肯定以为我们是大学生呢。小雨笑着说。

差不多。

我要是一直读下去，应该也进大学了。

那怎么就不读了呢？

我不是那块料，从小爸爸妈妈就希望我能认认真真地读书，将来到北京去上大学，扬眉吐气光耀门楣。虽然是女孩子，但毕竟是独生女，他们肯定连做梦都在琢磨这件事。可是我偏偏对什么 45 度角平行线火车头司机丝毫提不起兴趣，我喜欢的是做盆景设计。

什么火车头司机？泽寒不解地问道。

就是写《钢铁是怎样炼成的》那位呀，那个俄罗斯作家。

哦，你是说那个啊，看来你说你不喜欢读书还真是一点都不假。那不是什么火车头司机，而是奥斯特洛夫斯基。也不是俄罗斯作家，而是一个苏联作家。

管他什么司机不斯基，名字那么长，跟火车似的，所以我才把他记成火车头司机。每回考试都考这东西，看谁背得厉害，傻子才吃这一套。我不喜欢我就不背，干吗累死累活地去背呀？像《小王子》里面说的，我不吃面包，所以麦子对于我来说一点意义都没有。

看来你还满行的嘛，这你都记得？

我又不是真笨。只要是我喜欢的东西，我总是记得特别的牢，想忘都忘不掉。《小王子》是我最喜欢的书，我特别喜欢里面那只等爱的狐狸。这本书我能一字不落地背下来。

你不是喜欢盆景设计吗，那后来怎么也放弃了呢？

我是喜欢啊，可是高中又没有这个专业，要大学才有，所以我得先考上大学。问题是，我的成绩根本考不上。后来生了气，决定什么都不干了，就回老爸的小酒吧，帮着站站柜台结下账。老爸都快被我气死了，但我怎么都不肯去，他也拿我没有办法。

到了饭店里，她要过菜谱来点了菜。因为肚子还不饿，所以泽寒只随便吃了一点点，然后把手撑在桌上看着她吃。他发现看小雨吃东西比吃水煮鱼要有趣得多。她好像真的饿坏了，低着头一言不发地吃得很快。她右手拿一双筷子左手拿一张纸巾，身旁还放一杯水。不时地用纸巾擦一下嘴，实在辣得不行了就端起水来喝。后来她发现泽寒在看她，就放下筷子望着他，说，我猜得出来你在想什么？

我在想什么？

你在想，从来没见过这么能吃的女生，将来考虑和她结婚的时候，这一点一定也要计算进去。

不是没见过这么能吃的女生，他笑道，我只是从来没见过吃东西会发出这么大响声的女生。

吃过饭出来，路过一家冷饮店，小雨说她想吃冰淇淋，泽寒便给她买了一客草莓味的，然后看着她站在柜台边一点一滴地吃完。

今天晚上我很开心。她说。

吃个冰淇淋就开心？

不只是冰淇淋，还吃了水煮鱼。她笑着说，其实我的心很小的，一点点就能让我满足。

真的？泽寒好奇地望着她。

是的，她用舌头舔了舔嘴唇，比如今天晚上，和你在一起说这么多话，还吃了冰淇淋，我感到很幸福。

一定是错觉。泽寒说。

不，是真的幸福。我这人最喜怒分明了，这方面决不会弄错。

那以后经常这样不就结了？

她抬头看着他，没有说话。刚才的话还没有说完呢，你不想知道我爸爸后来怎么说的吗？

怎么说的？

猜猜看。

猜不出来。

他说，以前我说要打断他的腿，是吓唬他的，只是怕耽误了你们的学习。但现在不一样了，你们都长大了，我也管不了这么多了。你们分开了这么久还能再遇上，也算是缘分。他要是再来，我也不用扫帚撵他了。只是这么多年没见，爸爸都不知道那小子长成什么样了，你什么时候把他带回来让我们看看。

那你怎么说的？

我说，再过一个月我就带回来给你们看。

为什么要过一个月？

因为，我十八岁了。再过一个月，正好十八岁。十八岁就成大人了，可以大摇大摆地谈恋爱。

到了晚上十点，小雨要乘最后一班电车赶回自己在松南的家。泽寒把送她到汽车站，然后在那里分了手。临分别的时候她说，下个周末我还会再来。你换下的衣服，别放到水桶里浸臭了，我下次来再帮你洗。然后车开走了，带走了小雨的笑脸。剩下泽寒一个人，冷冷地站在站台上。

秋天的小城一天凉似一天，街道两旁的梧桐树和刺槐树纷纷褪尽它们的枯枝败叶，把光秃秃的树杈刺向荒芜而阴沉的天空，层层叠叠的落叶撒满小城的青石板路。泽寒和云飞晃晃悠悠地出了门，在一家小卖部里买了两瓶矿泉水，然后沿着护城河一路向北走去。护城河的河面上浮满了各种各样大大小小的船只，浮游植物在工业废水的滋养下拔节生长，使得河水呈现出一种墨绿的颜色。云飞穿了一件天蓝色的长袖T恤，脚下穿着蓝白相间的平底胶鞋，走在河岸上连一点脚步声都没有。走到廊桥那里，他在一张条椅上坐了下来，对泽寒说，我们在这里歇一会儿再走吧。

泽寒在他身旁坐下来，扭开矿泉水瓶喝了一口水。今天天气不错，没有刮风，他说，怎么突然想起找我出来散步?

待在家里反正也是闲着无聊，就找你出来随便走走，说说话，呼吸一下新鲜空气，秋天来了嘛。

是呀，秋天来了，一场秋雨一场寒，再下两场雨，都可以穿毛衣了。泽寒说。

你最喜欢哪个季节?

哪个季节都差不太多，没有认真想过这个问题，你呢?

夏天太热，冬天又太冷，相比之下还是更喜欢春天跟秋天吧，只是秋天这个季节会比较容易让人伤感。

最近学习怎么样?

一般般吧，不好也不坏，这次出去旅游了半个月，没有跟学校请

假，回头还得写检查。大学里的这些功课，听不听其实都没有多大区别，把大学设置成四年完全是对生命的一种藐视。

学习还是抓紧一点的好，起码得把学分修满了顺利毕业才行。要是读了四年连个毕业证都没有拿到，出去还不招人笑话？

像你一样，读了三年，突然就不读了，然后开一家小书店，读点闲书，日子不也过得挺逍遥的吗？

你可不能跟我比，我这人最没出息了，一点上进心都没有，迟早得吃苦头。泽寒笑着说。

怎么，后悔啦？

后悔倒是没有，起码暂时还没有，将来怎么样就不知道了。

河岸上起了一点风，平静的河面被风吹皱，出现了一片片像鱼鳞一样的涟漪。在一些水浅的地方，露出了铺着沙粒和鹅卵石的河床。云飞站起身，拍了拍裤子上的灰尘，说，天气很凉快，我们继续往前走吧。

泽寒也站了起来。云飞走在前面，泽寒落后一步跟在他身后。在不远处的平地上，有一个男孩在滚着铁环，一个更小的小男孩站在高处往屋檐下的一个八宝粥罐子里撒尿，还有一个穿着睡衣的女人坐在门口打毛线。到处显出一种秋天下午独有的慵倦和慢条斯理的气象。

我觉得你应该正儿八经地找个女朋友。泽寒忽然说道。

怎么突然这么说呢？

正儿八经地找个女朋友，有个女孩子管着你，你的生活也会安稳一些吧。

这种事，哪有那么容易，又不是上超市买东西，哪有说找就能找到的？

子若呢，你觉得子若怎么样？

不说她好不好？

我不明白，你为什么要逃避。她上星期来找过你，在这里整整等了你两天，为什么你一直都不敢面对呢？

我觉得你跟她更合适一些。云飞说。

你说这种话，真是让人失望，泽寒的脸上露出了愤怒的神色。她喜欢了你这么多年，你这么说会不会太过分了一点？

对不起，泽寒，如果我的话伤害了你的话，我向你道歉。但我不是在开玩笑，子若是个好女孩，正因为如此，我才不希望她活得如此痛苦，我是真的希望她能找到一个值得她付出的男孩。

为什么你不行，你不喜欢她，还是你另外有相处的女孩？

不是这个问题，云飞说，我这个人很复杂，有时候连我自己都弄不明白。

她走的时候跟我说，如果你回来，请你打个电话给她。

嗯，好的……我会打电话给她。

他们走到了城东中学，那是他们的母校，三年以前他们就是从这里毕业的。因为是周末，学校里的孩子都放假了，整个校园空空荡荡的，操场那头有一架秋千，孤零零地停在那里。旁边的铁栏杆上，不知是谁遗失的球衣，在风里飞来飞去。他们爬到高高的看台上，对着空旷的操场，默默地坐了很久。

时间过得真快，三年以前，我们还是一群穿着校服骑着自行车横冲直撞的野孩子，一转眼，大学都快毕业了。

是呀，时间过得真快，仿佛做梦一样。泽寒说。

傍晚的时候又下起了雨，天很快就黑下来了，空气中弥漫着一种植物腐烂发霉的味道。屋里没有开灯，泽寒躺在床上，听屋外的雨一点一滴地打在台阶和落叶上。他打开收音机，电波里正播着一首老歌，可能是因为录音带磨损的缘故，收音机里不时传来擦擦的声音。这样的天气总是让他想起子若，想起她结着哀怨的神情，想起她攥着拳头一字一句说话的样子，想起她那张让人怜惜的精致的脸。他跳下床，从柜子里取出手机，拨通了子若的电话。

火车站的站台上没有几个人，值勤的工作人员都穿着厚厚的棉衣，打着哈欠，有些不耐烦地站在铁轨旁。泽寒抬头看了看天，夜晚的天空很黑很远，头顶的路灯在空气里发出昏黄而暗淡的光。那辆火车从前方开过来，缓缓地停靠在一号站台上。他看见子若的身影出现在门口，她下了车，朝着他走过来。

谢谢你这么晚还来接我。她说。

接到你的电话，我就来了。云飞明天早上还有课，所以他叫我来接一下你，不会感到很失望吧?

怎么这么说呢，你来接我，我很感激。

泽寒从她手里接过一个黑色的提包，我们走吧，外面很冷。他说。

等了很久了吧? 车在路上停了很多次，也不知道是出了什么故障，所以晚点了。

也没等多久。你在车上睡觉了没有?

没有，晚上坐车，广播也停了，怕坐过站，一直醒着。上车的时候特意带了一本书，但车晃得很厉害，看了一会就头昏，所以就坐在那里剥瓜子，按中学物理书上学来的方法计算火车的速度。

这倒是个消磨时间的好方法，泽寒笑着说。他们出了站门，上了一辆停靠在门口的出租车。午夜的街道冷冷清清的，车开得很快，十五分钟就到了家。

云飞什么时候回来的?

回来好几天了。一回来我就叫他打电话给你的，他没有打吗?

没有。可能他有别的事情，忘记了吧。

泽寒打开自己房间的门，开了灯，替她倒了一杯茶。他说，你就在这里坐一会儿，我去隔壁叫醒他。

算了，子若摇了摇头，他睡着了，就不要去吵他吧，我们就在这里说说话。她抬头环顾四周，说，你的房间虽然小了点，但收拾得还蛮干净的嘛。

你是第一个这么说的人，泽寒笑着说，小雨每次都说我的房间脏得像猪圈一样。是她给我收拾的，她昨天刚来过，我还没来得及弄乱。

你跟小雨相处得怎么样？

还好，起码没有吵架。

她是个好女孩，你可要攥在手心里抓紧了。

怎么这么说，你们又不是很熟？

你就相信我的话吧，女孩子看女孩子一般很准的。我虽然跟她不熟，但从我第一次看见她的时候我就这么觉得。

是在哄我开心吧？

没有，子若笑着说。半个月不见，她看上去比以前更瘦弱了，那张脸的小小轮廓更为清晰，像是卡通剧里面的人物。你们平常两个人住在这楼上，都做些什么？

什么都做，只要不是杀人放火的事。

比如……

比如站在房顶上，往楼下撒尿，看谁撒得又多又远；比如朝女孩子吹口哨，对着夜空里骂脏话，或者喊一个人的名字……

肯定是喊自己喜欢的女孩子的名字吧？比如偷偷喜欢上了哪个隔壁班的女孩，又不敢向她表白，就在半夜里站在阳台上喊人家的名字？

呜……

大白天你们也喊吗？

那可不行，要是被别人听到了，或者被那个女孩子听到了，那不是很难为情吗？

这也不一定，比如我，要是在夜里醒过来，什么都听不见，只听见一个男孩子在屋外动情地喊我的名字，就像从天上飘下来的一样，那我肯定幸福得不得了。

正说着话，门外忽然有人敲门。泽寒起身开了门，他看到云飞穿得整整齐齐地站在门外。泽寒的嘴唇动了几下，他觉得这情形有一点尴尬，也有一点点意外。他把云飞让进屋里来，说，子若是今天晚上到的，因为怕影响你明天上课，所以没有告诉你。

云飞笑了笑，他说，其实我今天晚上一直没有睡着，我从窗子里

看见你们过来了。

那你怎么不早点过来，害我们在这里等。泽寒说。

让你们在一起说说话，不是也很好吗？云飞诡异地眨了一下眼睛，他从椅子上拿起子若那个黑色的提包，对子若招了招手，说，去我那边吧。他打开门，子若跟在他身后走了出去。走到门口的时候，她回头朝泽寒看了一眼，这个动作意味深长而又不可捉摸。她轻轻地替他关上了门，随着门的缓缓关闭，她那张瘦小而精致的脸一点点地消失在门后面。

屋里只剩下他一个人了。他打开窗，让夜风吹到屋里来，深黑的天上出现了一弯苍白而凄清的月亮。有一艘渔船正从门前的河道上驶过。它的汽笛声从空旷的夜空里传来，听上去是那样的近，又仿佛那样的遥远。

隔壁云飞房间里的灯还亮着，他们在里面说话，但说什么听得不甚分明。他们说话的声音很微弱，像桑蚕在月夜里咀嚼树叶发出的声音一样。过不多久灯就熄灭了。泽寒在走廊上站了一会儿，回屋穿了件衣服，关上窗，打开门走了出去。街上一个行人也没有，偶尔有一只猫匆匆穿过街道，钻进路旁的绿化带里不见了。泽寒裹紧上衣，在街上慢条斯理地晃荡着，他想，今天晚上剩下的时光怎么打发，是该找家网吧还是找家酒吧呢？

他随便走进路边一家通宵营业的小酒吧。酒吧里已经没有什么客人了，吧台上一个年轻的女孩子趴在那里打盹。他要了一大杯啤酒，选了一个靠窗的位置，慢慢地喝着啤酒，透过玻璃窗看外面空空荡荡的街道。突然他的电话响了，显示的是子若的号码，他按下接听键，可是那边没有说话。

喂，子若，你听得见吗，你怎么不说话？

那边一点声音也没有。

子若，你在听吗？发生了什么事情？

电话里还是没有说话，只传来一阵抽泣声。

子若，你在哪里？你等我，我马上过来。

结了账，泽寒在酒吧门口停了一下，他想叫辆出租车，可是等了几分钟没有看见车来。他想起刚才电话里头子若的哭泣，撒开腿跑了起来。

子若蹲在楼下的台阶上，她的头深深地埋在臂弯里，她的肩膀和头发随着哭泣不时地抽动一下。泽寒把她的头抱起来，看到她的脸上满是泪水。他问她，你是怎么了，是不是云飞欺负你了？

子若一直哭着，没有回答泽寒的话。泽寒跳了起来，他说，云飞呢，那狗娘养的去哪里了，我找他算账去。他跑到楼上，踢开云飞的门，看到他坐在椅子上，正抬头望着天花板。见泽寒进来，他看了他一眼，没有开口，又把目光移开，继续看着天花板。

你把子若怎么了？

云飞没有理他。

泽寒走上去推了一把，他说云飞你要还是个男人，就跑到楼下去把她叫上来。我不管你们发生了什么事，但是现在，你把她叫到屋里来。外面这么冷，你就让人家坐在外面哭？

你那么关心她？云飞突然说。

你说什么？

那么关心她你去啊，你把她叫到你房里去，疼她，安慰她，想做什么就做什么。我们现在这样，不正合你的意吗？

你说什么，你这个浑小子？泽寒愤怒地跨过去，揪住他的衣领。你说什么，你再说一遍？

李泽寒，你别再装了，我知道你喜欢她，你喜欢她很多年了，我跟她什么关系都没有，我不喜欢她，我谁也不喜欢。你把她叫到你那里去，我不会介意的，我们以后还是好朋友。

你真无耻，竟然说这种话，泽寒的眉毛拧起来，他对准云飞的脸打了一拳，他抡起拳头想打第二拳的时候，他看见了站在门口的子若，她的眼泪已经擦干了。子若抓住了他的手，说，算了吧，泽寒，谢谢

你这么维护我。我现在不想再待在这里了，你送我去车站，我坐第一班车回去。她提起包，穿好大衣，转身出了门。

到了火车站，因为车还要过一个小时才有，泽寒就跟她在候车室里坐着等候。候车室里很冷，子若把她的包抱在胸前，一言不发。好多次泽寒想跟她说说话，但始终不知道该说什么好。

今天的事情真是对不起你。临开车的时候子若说。

干吗这么客气，我们是好朋友。泽寒很勉强地笑了一下。

你真的喜欢我吗?

这个……

下个周末你来，我在家里等你。说完，她跳上火车。车开走了，泽寒站在站台上，他在想子若刚才对自己说的话。下个周末你来，我在家里等你。她对他说。仿佛在梦里一样。

星期三的上午，泽寒坐车去了松南，他打电话约小雨在街心公园见面。接到泽寒的电话小雨大吃一惊，她接连三遍问了同一个问题:

你确定你现在是在街心公园?

是的。

是松南的街心公园?

是的，我刚到，我在这里等你。

好，我马上就来，你等一下，我马上就来，你千万不要走开。

那边急急忙忙地挂断了电话。听得出来小雨很高兴。那天的天气很好，到处一派风和日丽的景象。泽寒找了张椅子坐下来，他的心里想着很多事情。湖边有几个老伯伯在钓鱼，一个卖风车和气球的小男孩走过来，问他是不是要买一架风车，泽寒摇了摇头，小男孩就上了台阶，走到湖对岸去了。

过了大约半个小时，小雨就来了。泽寒坐在椅子上，看着小雨穿了一件白色的运动外套，袖子挽到手腕以上，从桥上快步跑下来。因为天气有点热，她跑得满头是汗。

路上堵车，开到火云桥那儿就再也开不动了，公路上的汽车长龙排得望不到边。我怕你在这里等得着急，就干脆下车跑过来了。

你从火云桥一路跑过来的?

是啊，幸好今天穿的是运动鞋，不然可就完蛋了，从火云桥到这里有好几里路呢。

其实不用那么着急的，你打个电话告诉我一下就可以了。

我是想早点见到你嘛，小雨撅起嘴，笑着说，做梦都想不到，你今天会来看我。

小雨，今天我来，是有些话想跟你说。

有话跟我说呀，嗯，好，那你说就是了。

小雨……我……

好了，别吞吞吐吐的，这里有太阳，我热得快不行了，我们找个凉快点的地方去喝茶，坐着慢慢说。

那好吧。泽寒站起来，跟着小雨穿过廊桥，朝湖右侧的饮水吧走去。小雨在柜台要了两杯柠檬水，用纸巾擦了擦汗，和泽寒在一张小桌旁面对面坐下来。

今天的天气好热，想不到这个季节还会有这种天气。小雨用吸管喝着杯子里的水，我发觉我现在全身上下每一个毛孔都在冒汗。

是因为你刚刚跑了那么远的路。泽寒说，要是待在一个地方不走动，也不会出汗。

嗯，是的。泽寒，我要告诉你，今天你来看我，我非常非常的高兴，简直是喜出望外。

这么高兴呀?

是啊，你还看不出来吗？一接了你的电话，我都没来得及跟我爸爸说一声，撒开腿就往外面跑。太高兴了，你还是第一次来看我呢。

小雨，我也不知道怎么对你说……

哎呀，跟我还有什么不好意思的，我都听着呢。我们就在这里歇一下，等我凉快点了，我们就走。

走？去哪里？

带你去我家。

带我去你家？

是啊，怎么了？上星期我什么都告诉他们了，他们说，既然这样，那好吧，过几天你带他回家给我们看看。你自己的事情就由你自己做主。

小雨，我……

有什么话你说，说完了我们就回家。

小雨，其实今天我来，是想跟你说，我们还是算了吧，我不适合你。

什么……小雨脸上的笑容凝固起来，露出难以置信的表情。为什么呢？这是为什么？

小雨，对不起。我知道你对我好，从来都没有人对我这么好过。但是，我另外有自己喜欢的女孩。对不起，小雨，对此我感到非常抱歉。

不用说对不起，你没有亏欠我什么，一切都是我自愿的。我只是个再简单不过的女孩，很单纯地喜欢你，想和你在一起，我想的远没有你们复杂。但是我也知道，你根本就没有喜欢过我，你只是对我心存感激，所以你一直没有对我说，你是怕你说出来会伤害我对不对？我真该好好谢谢你。

小雨，你不要这么说，你这么说我会很难受。

好了泽寒，你今天什么都说出来了，我倒坦然了。以前，我对你一直还抱有幻想，希望你什么时候能爱上我。我只是一个没心没肺大大咧咧的女孩子，只知道穿运动服，胸部又小，又不会打扮，像个男生一样，也不温柔，根本不配去喜欢谁，别人也不会去喜欢我的。可是我很坚强，我不会哭的。

她这样说着，大颗大颗的眼泪从她眼眶中流了出来。

今天一知道你来看我，我实在是太高兴了，不知道该怎么表达我内心的喜悦。因为，今天是我十八岁生日。上次我对你说过，等到我十八岁，我就带你回家，大摇大摆地谈恋爱。可是现在一切都已经结束了。好吧，你可以走了。

对不起，小雨……

他的话还没有说完，他看见小雨已经出了门。他追到门外，大声地叫着她的名字，可是小雨已经上了石桥，头也不回地往湖对岸走去了。

子若站在河岸的小码头上，把一盏一盏的河灯放进水里。她先用小刀把蜡烛切成一段一段，然后把蜡烛立在折叠好的纸船里，再把蜡烛点燃，把纸船推进水里。河灯顺着河水向前漂去，照亮了漆黑寒冷的夜。泽寒坐在一旁，默默注视着子若，子若却顺着河往前方看。河里的灯越来越多，越飘越远，整条河都亮起来了。

以前，每当我不开心的时候，我就会到这个小码头上来，把我的心里话说给这条河听。子若坐到泽寒身边说。

把你的心里话说给河听？泽寒疑惑地扬起头。

嗯，是的，它是我最好的朋友。你别以为它只是一条河，其实它什么都懂。它会为我的事情而愤怒，会生气，会叹息，会咆哮。而大部分时候，它只是静静地流淌，静静地听我诉说。它跟人一样，也害怕寂寞，怕黑又怕冷。

它怕黑又怕冷？

嗯，所以有时候晚上我会来这里坐一会儿，和它说说话，然后替它点亮一盏河灯。人到了晚上如果害怕了，冷了，点上一盏灯就会好很多，河也是一样的。

原来是这样啊，泽寒点了点头，你这样说我就明白了。

明天我就要走了，所以今天晚上我来跟它告别，替它点了很多盏灯。我不知道我会离开多久，我想我可能有很长一段时间不能来跟它说话，替它点灯了。

你要去哪里？

不知道去哪里，还没有想好。但我就是想换个地方，去散散心，透透气。去哪里不重要，主要是不想待在这里，先出门再说。

是因为云飞吗？

子若的嘴唇嚅动了几下，没有说话，她的眼泪流了出来。她点点头，说，我真的很喜欢他，我从来没有如此喜欢过一个人。这些年，如果不是因为这个支撑着我，我想我根本活不下去。可是我就是弄不明白，为什么他越长大，对我越疏远，到现在甚至都不愿意靠近我了。

泽寒看着她，等待她继续说下去。

你知道吗，我跟他在一起这么多年，他一次都没有碰过我的身体。开始我以为他是在乎我，心里还满高兴的。后来我以为他只是羞涩不好意思，于是我主动地和他接近，想把自己给他。我不是轻浮放荡的女孩子，我只是真心地爱他，我的心都已经全部属于他了，还有什么好保留的。

那他呢，他怎么样?

他好像根本就没有欲望，一点点冲动都没有。他只是对我说，子若你别这样，我害怕，这样不行的，有一次他竟然吓得跑开了，好像我身上长了魔鬼似的。你说对于一个女孩子来说，这是多么大的打击。没有什么比这个更伤我的心了。

你真的那么爱他?

是的，我很爱他，爱到不知道用什么词语形容才好。我们三个人从小一起长大，都是他照顾我。我没有亲人，在我心里，他就像我的父亲，我的哥哥一样。我的心里只有他，如果失去他，我简直不敢想象，不知道还有什么值得我去留恋的。

子若，我知道他对你很好，可是事情也不完全是这样，还有其他人也一样在关心你，爱护着你，为什么你不朝其他地方看一看呢?

子若回过头来，望着泽寒。你是在说你自己吗?

子若，今天我要把什么都告诉你，我不想再藏在心里了。对，我喜欢你，喜欢你很多年了。我也没有亲人，从小就是你们两个照顾我，在我心里，你就像我的妈妈，我的姐姐一样。我很感激云飞，以前我知道你喜欢他，所以我一直把自己对你的感情藏在心里。可是现在，他不行了，是他首先放弃了你，所以我要向你说出来，我要勇敢地争取我自己的幸福。

泽寒，谢谢你，谢谢你这么说，我很高兴。可是我不知道该怎么回答你，我现在没有办法向你保证，我从来没有想过你会喜欢我，我心里想的全是云飞。对于你，我只是一直把你当弟弟看待。我爱他太深了，所以我无法保证自己会喜欢上你。你能给我时间？你能等？

我能等。我只是要让你知道，别人是你生命的支柱，但你也同样是别人生命的支柱。你现在忍受的痛苦我同样在忍受。我跟你一样，得不到自己想要的爱。

泽寒，不要再说了。你给我时间，让我好好想想。

对不起，我今天太冲动了。

没关系的，子若笑了笑，说，能否陪我到处去走走？

去哪里，天这么晚了？

随便，就是不想回家。想找个最乐意相处的人过一晚上，喝醉了抱在一起用啤酒瓶砸脑袋，光着屁股在沙滩上跳舞。

后来他们去了港口那里，坐在一艘废弃的渔船上，光着脚看头上稀稀落落的星星。半夜里海风袭来，子若在泽寒身边冷得瑟瑟发抖。泽寒拣了些海浪冲上来的木柴，生了一堆火，他们肩并肩在篝火旁一直坐到天亮。

泽寒送子若到车站。

要记得给我写信。最后他说。

嗯，我会的。子若点点头，跳上火车。

十一月的夜寒冷而又漫长。泽寒躺在床上难以入眠，他打开了收音机。所有的电台一过了十一点就像对过口供似的开始播健康节目，那些自以为是的专家和主持人坐在演播室里对人们的器官指手画脚评头论足。他们正齐心合力制造一种庞大的假象：全中国的男人女人正遭受着生殖器的折磨。听了一会儿再也听不下去，泽寒关了收音机，用被子蒙着头，仿佛听见水滴正在玻璃上慢慢结成窗花。

云飞忽然走到他屋里来了，他用钥匙打开门，坐到泽寒床边，掀开他的被子，说，泽寒，睡着了没有?

泽寒睁开眼，说，还没有，你怎么不睡?

我睡不着，就走到你这里来。我们说说话吧。

说什么呢? 泽寒背靠着床头坐起身来。你想跟我说什么?

要不，我们喝酒吧? 云飞像变戏法一样地从身边拿出一瓶酒来。

怎么这时候想起来要喝酒? 天这么冷。

心里不痛快，就想喝一点，就当是寻个开心吧，我们很久都没有开心过了。云飞从桌上拿了两个杯子，先给自己倒了一杯，仰着头一口气喝完了，又倒了一杯递给泽寒，说，在一家杂货店里买的，也不知道是什么牌子，味道还很重的，要是现在有一盘花生米什么的就好了，可以当下酒菜。

泽寒说，你少喝一点，这样会醉的，空腹喝酒最容易醉了。

醉有什么不好的，我就是想喝醉，喝醉了就什么事情都不知道了。泽寒，我们再多喝几杯，以后都没机会在一起喝酒了。他接连喝了好几杯。泽寒酒量很浅，喝了两杯，就开始头昏脑涨，他说，云飞，我不能喝了，我已经醉了，我现在很难受。我想睡觉。

你别睡，泽寒，我也很难受。我想跟你说说话，我有很多的话要跟你说，错过了今天以后就再也没有机会了……

可是我的头很晕，我现在真的很想睡觉……

后来的事情他就想不起来了。他脑袋里疼痛欲裂，眼皮子很重，昏昏沉沉地就睡了过去。模模糊糊之中，他仿佛听见云飞一直在他耳边说着什么，还好像在哭，但具体说了些什么泽寒就想不起来了。

云飞死了，是在浴室里自杀死掉的。最残酷的死法：用剃须刀割断右手动脉，看着身体里的血一点一滴地流光流尽，不知道他花了多长时间才死去。等泽寒回到家时，他的尸体已经僵硬了。那一刻，站在浴室冷冰冰的瓷砖地面上，他忽然感到前所未有的孤独和绝望。

葬礼十分的简单凄凉。来参加告别仪式的同学和朋友都穿着黑色外套，胸口上别着一朵白花，冷冷清清地站在殡仪馆外面的广场上。大家谁也没有说话，都不知道说什么好。追悼词是由和他同班的一个女生上台念的，说了不到几句话就泣不成声了，大家只得把她扶下台来。他的叔叔婶婶都来了，穿着黑色长衫打着伞，脸上满是悲伤的神情，他的婶婶好几次都晕了过去。泽寒本来想过去跟他们打个招呼，说几句安慰的话，但最终还是没有去。能跟他们说什么呢？说了又有什么用？仪式结束之后，工作人员摁下按钮，他的遗体就躺在那块冰冷的钢板上被推进火化池里去了。泽寒从那个孔里往里面看，什么都没有看见，只看见一团熊熊燃烧的火焰。抬起头，发现旁边的大槐树上站着一只乌鸦，从烟囱出来了一条长长的黑色的烟。那烟被风往北吹去，变得越来越淡，渐渐地消失在铅灰色的天空里看不见了。

星期一的下午，忽然有一个人来找泽寒。他上了楼，径直走到屋里来，坐在泽寒面前。

你是叫泽寒的吧？他问道。

是的，请问您有什么事？

我叫张志，是云飞的医生。我来找你，是想跟你谈谈云飞的事情。

你是云飞的医生，怎么我从来都没听说过？他得的是什么病，我一点都不知情。

是他没有跟你说起，他在我这里治疗都已经有很长一段时间了。

他得了什么病？

他身体很好，他只是心理出了一点问题。我一直试图说服他，挽救他，可结果还是失败了。对此我感到十分抱歉，我没有尽到一个医生应尽的职责。他是一个好男孩，其他各方面都很优秀，就这样结束了自己的生命，我感到很难过。

你是他的医生，那你一定对他很了解了？我就不清楚他为什么会作出这样的选择，你能告诉我一点什么吗？

给你这个，张医生从随身携带的公文包里摸出一封信来，这封信是他寄给我，托我转交给你的，我昨天刚收到。看信上的邮戳是十一

月二十日，正好是他自杀的前一天。看了信，你就会明白了。

信装在一个粉色信封里，外面工工整整地写着地址和泽寒的名字。泽寒把信放在书桌上，长久地注视着。外面下雨了，是那种又冷又潮的雨，让人的心也变得莫名地感伤起来。过了大概十分钟的时间，泽寒从桌上拿起信，撕开封口，慢慢地读起来。

泽寒：

你好。收到这封信时，我已经不在这个世界上了。原谅我作出这样的决定。你也许会在心里取笑我的懦弱，暂且承认我就是个懦弱的人吧。一想到自己要死了，就什么都不在乎了。死都不怕，还有什么好怕的呢？

可是有的时候，人可以不怕死，但却会害怕活着时的那份痛苦。这种痛苦是冗长的、没有尽头的，死倒要来得痛快一些。死了，埋了、烧了，一了百了。作为我的朋友，你也许会因为我的突然离去而感到伤心难过，这是难免的，为此我十分感激你。但这也是暂时的，谁也别想在另外一个人的记忆里永生。慢慢地，慢慢地，最终你们都会彻底地忘了我，再也不会有人记得我了，就仿佛我从来没有在这个世界上活过一样。

已经过去很多年了。很久很久以前，那时候我们还只是少不更事的孩子。我们总是在周五放学后的下午，爬到学校旁边高高的看台上，看空荡荡的操场，编织一些不着边际的美丽故事。或者就不说话，就那么静静地坐着，一直坐到太阳掉到山那边去。要是永远那样多好，永远不长大多好。

不知从什么时候起，我发现自己喜欢上了你。我每时每刻都想和你在一起，说说话，到处走走。只要和你在一起，我就是开心的；只有和你在一起，我才能感觉到自己存在的意义。我曾经在你的日记本上写过一首小诗，你还记得吗？那首诗是这样的：

你手心的温度
让我感觉到我的存在
可不可以就这样手牵手走下去
直到世界的尽头

开始我还以为，我对你的这种感情，只是那种男孩子之间最为普通的所谓的友谊。而我，只是对你的依恋深刻了一点而已。可是，渐渐地我发现，事情根本不是我想象的那么简单。为了解除这个疑问，我尝试着去和女孩子交往。但这种交往是失败的，最终我投降了。因为，我根本对异性提不起一点兴趣。我喜欢男孩子，我喜欢的是你。

后来，子若出现在我的世界里。无论相貌还是心灵，子若都是出类拔萃的。我打心底里觉得她是个好女孩，我喜欢她。我一次又一次地对自己说，云飞，你有什么了不起，你有什么好？你凭什么不接受人家，不好好爱人家？可是，我又一次失败了。我对她的喜欢只是那种所谓的欣赏罢了，根本不是那种男女意义上的喜欢。好多次我跟她单独在一起，我们抚摩、接吻，但最后时刻总是功亏一篑。我在心理上，对异性的身体感到抵抗。

我终于明白自己在心理上出了问题。我找了医生，接受了各种治疗，但效果很微小。后来，我发现你喜欢子若，这让我很绝望。子若对我的爱痛苦而又绝望，而我对你的爱也同样痛苦而又绝望。与其大家都这样绝望着，还不如我选择退出，成全你和子若。

这就是我作出选择的原因。子若是个好女孩，希望你永远永远好好地珍惜她。同时也祝福你，你的幸福就是我最大的快乐。看到你幸福，我在天堂会微笑。

云飞

十一月二十日

不知什么时候，张医生已经悄悄离开了。泽寒抬头朝门外望过去，外面的雨一直还在下着，清新凛冽的风从窗户里吹进来，卷起一片冰凉细碎的雨。在这弥漫的雨雾之中，他仿佛看见了云飞，那个瘦瘦的高高的男孩，站在门口，朝自己微笑，对自己说话。他说，泽寒，你一定要幸福。

泽寒的泪无休无止地流了出来……

奉波，湖南娄底人。现就读于福建华侨大学。获第九届新概念作文大赛一等奖。大学期间在《萌芽》《青年作家》《中国青年》《青春》等发表作品二十余万字。

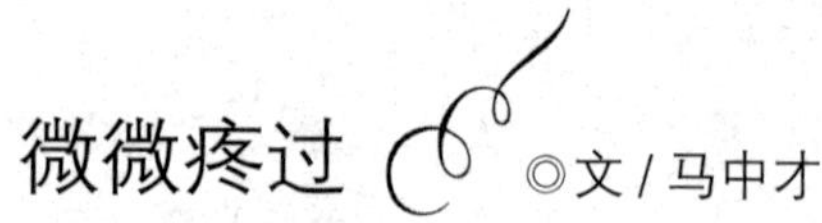

微微疼过

◎文/马中才

一

我叫霄。今年大三。

昊退伍后不久的某天到我读书的城市。他女朋友在那天动手术。

还不是眼睛的问题，昊打来电话对我说，本来上星期动过了，可是把眼珠子给调歪了，今天又得调回来，妈的，这什么医生啊？真想杀了他们。

昊又打电话联系了几个高中时候的同学一起去医院看望她。买了一篮子玫瑰和一篮子苹果。我想告诉昊她不喜欢苹果只喜欢橙子，可是我什么也没有说。毕竟她是昊的女朋友。也许现在她变了。甚至变得我都不认识。

她叫木木女。

高二那年我跟昊说我喜欢木木女。昊扬扬手说我帮你追她。

那时候木木女总是坐在第一排。睁个大眼睛看黑板。看书的时候也要把书本抬到眼睛前面不超过五厘米的地方，很吃力地用水晶晶的眼珠子转啊转地啃着书本上的五号宋体字。我说你近视得很厉害呀为什么不配眼镜？她像看黑板一样地眨巴着大眼睛看着我说，我不是近视眼。

我迄今为止还没有看见过一双那么漂亮的眼睛。怎么说呢，就是很水的那种感觉，看上去像一潭湖泊，眼睫毛跟猫的一样长，黑珠子黑得像某种毒药，白色的地方白得几乎透明，一闪一闪的，总之比婴儿的眼睛更加晶莹，仿佛上面有一层永远擦不干净的泪。

我坐在她后排的位子。后来她跟我说她刚出生的时候就喜欢看很强烈的灯光。每天晚上不开灯就哭闹着不睡觉，甚至要把灯泡放在床头转着眼珠子使劲使劲地看才能睡着。很刺激的光线使她的眼睛在婴儿时就形成了一层琥珀色的保护水。从她懂事的时候开始看见的世界就是那么阴暗，她只能瞪着眼睛很吃力地看人。

她很少和人说话。

就是说她寂寞得没有朋友。她的内心世界就像她的眼睛一样，晶莹剔透。那时候她总是带一只苹果和一只橙子来上学。她说苹果不用剥皮却不好吃，橙子很好吃却要剥很硬的皮。看着她把刀子和橙子抬到离眼睛很近的地方削啊削的，橙子皮的水都飞到眼睛里去了。那时候我故意留着很长的指甲，帮她剥橙子皮就成了我的职责以及后来的习惯。她给我的报酬就是送给我一只苹果。

虽然坐在第一排，她还是看不见老师的板书。我把笔记写得很好很好，字体写得很大很漂亮，然后准时在下课把笔记本递给她。周末她都来学校。有时候教室里空荡荡的没有人，我就跑到讲台上写很大的字给她看。在她看得清的范围慢慢地写得越来越小，等她说看不清了我就开始胡乱而飞快地写她的名字，写了整整一黑板。她说，你写了什么那么久呀？我说，没什么，我在做数学题。她就不信要跑到讲台上来看，我就赶紧擦啊擦的。她就说我肯定写她坏话了，我猛摇头。

我们就是这样过了高中的前两年。有时候我不在教室，她碰到什么难题了也不愿意请教别人，硬是打电话要我去教室。

那时候我和昊还有一些很牛气的家伙在一起称兄道弟。昊一副很陈小春的样子，尿尿回来不洗手就抓苹果吃的那种。我们说他不卫生，他一挥手说，嘁！哪里不是肉啊？怎么就不卫生了？还有我们和一些女生在地摊喝酒的时候有些小孩子死皮赖脸地来卖花，昊就很恼怒地抓起他们的花丢得老远说，滚，我们学生崽没钱！他就这样轻而易举地成了我们的老大。后来有一次小便出来他告诉我，他尿尿的时候根本就不用手碰小鸡鸡的。就是说把拉链一拉下去，把内裤往下按住，一抖一抖，小鸡鸡就抖出来了。尿尿的时候也不要用手去抓它，只要用力压着内裤没有阻力就成，尿完了就再一抖一抖地收回去。我按他的方法学了学，果然成。后来我小便的时候也不用手碰小鸡鸡了，一抖一抖的就成。

我们一帮人经常一起抽烟酗酒打架，玩 CS，还有和花枝招展的女人 happy，只是很奇怪木木女的电话总是在很关键的时候打来。在我要打架或者要和陌生的女孩子胡来的时候手机就响起，叫我回去教她写数学题。我只要一想到她的眼睛就会忘记所有的事情。她只有我唯一一个朋友，她有一种很怪的魔力叫我马上回到她的身边，刻不容缓的。几次之后，昊生气了。

那晚我第一次拒绝木木女。事情记得很清楚，那时在学校饭堂的大厅里排练元旦即将表演的霹雳舞。节奏感很强的音乐震耳欲聋，一个兄弟在旋转时碰倒了几个正在排练街舞的女生，那几个女生的男朋友就冲过来叫嚣，要他去道歉。昊走过去抓起其中一个家伙的衣领说，别在这里烦人！然后一拳把他打飞了好几米。他们一帮人愣在那里。这时候我的手机响了，木木女说，你在哪里？回到教室教我写数学作业好吗？我像平时一样迅速地抓起外套准备离开。昊转过身指着我说，你他妈的猥琐男眼中还有没有我们这帮兄弟，总是临阵脱逃。我很认真地对昊说，我喜欢木木女。昊扬扬手说，得了，我帮你追她。我看着周围才发现，他们围过了一群人，有的甚至从皮带里抽出了很亮的砍刀。我们当时没有任何准备，只得抓起饭堂的凳子。接下来就打成一片，看热闹的人挤到四周把门口围个水泄不通。昊用凳子砸破了一个家伙的头。据说那家伙当时正举着砍刀站在我后面要砍我。就是说昊救了我一命。然后 110 赶来了。饭堂的凳子当时已经全部砸碎。

昊勒令退学。我记过。

高二结束了。说高三。我开始安静地在原来的高中备战高考。木木女的成绩仍不见起色，他父母着急地把她转到了市里一所升学率最高的高中。昊也用钱买进了那所学校。

那一年我拼命地学习，破釜沉舟，不带手机，没有和任何人联系，数理化的公式在脑子里运筹帷幄，过得很充实，只是经常梦见木木女的眼睛。仅仅是梦见。高考完了我才打了电话给昊。昊说,你还没死啊?我说，有你救了我一命我死不了了。木木女怎么样了？昊说，她没事，我们恋爱了……

你和木木女?

嗯。

沉默。

再沉默。

然后电话断了。那天我莫名其妙地把所有的眉毛剃光，然后把自己锁在房间里开着电脑上网或者玩游戏或者写文字。家里人以为我高考失意一个劲地安慰我。后来我又和昊通了几次电话。他说兄弟你不会怪我吧？我说没事没事。木木女是需要照顾的。他就说是啊是啊，肥水不流外人田嘛。我还是一直没有见他们，过完那个暑假我新的眉毛长出来了，比以前的还浓郁。然后就收到了一所 211 工程重点大学的录取通知。连爸爸妈妈都给我弄糊涂了。

上大学以后我就把指甲剪光了，现在已经可以弹很漂亮的吉他。不停地在网络上写文字，只是一直不写木木女。不忍心写她，怕写得太俗气了我的思想会变味，感情会淡化。一直没有谈恋爱，因为一直不空虚。也一直没有见昊和木木女。唯一欣慰的是我可以把木木女的相片设为我电脑的桌面背景而没有人认出她了。然后对着电脑一个劲地看她的眼睛，以致我现在要戴五百度的眼镜。

回忆完了。

直到昊退伍回来的那天我才知道他这两年去当兵了，那天正好是昊的生日。到医院看见木木女的时候我没有什么特别的表情。她一只眼睛封着纱布，另一只眼睛不像以前那样亮晶晶地转啊转的，只是低垂着眼帘下有盎然的笑意。我简单地问了她几句眼睛疼吗视力好点了没有。她也只简单地答着我，用轻微而好听的声音。

晚上木木女已经可以解开纱布出院活动了。我们在一个安静的包厢房里开生日 party。我请了我们班的月女去冒充我的女朋友，为了不让他们看出破绽，并且适当地拉了她的手轻轻地抱了她。这样昊和木木女看见我恋爱了也会安心地在一起，不会为我而感到内疚和顾忌。

月女的男朋友在很远的城市念大学。她喜欢在夜深人静的时候陪我到学校的湖边弹吉他。很优秀的女孩子，笑起来像一团蜜。但我从来没有考虑过要插足做人家的第三者。我们在一起单纯地弹吉他，写高数作业，编计算机程序和吃很辣很辣的螺蛳粉。她喜欢拿我的笔记本电脑到处玩。她编的那些程序的密码基本上都是用“I love you”来打开。每次我从她手中拿回电脑桌面背景上的木木女都被她换成了油画。她说用美女做桌面背景太俗气了。可是她还没说完我就换上了木木女的相片。

木木女还是像以前一样吃很多的橙子。我看着自己剪得很短很短的指甲才突然明白已经没有能力帮她剥橙子皮了。

吃完生日蛋糕我们喝了很多的酒。我已经三年没有喝酒了。后来我又紧紧地抱了月女。她一直没有拒绝。再后来还是我使劲地用很短的指甲剥橙子皮，直到指甲里渗出了鲜红的血，然后把一个千疮百孔的橙子递给木木女。她看不清橙子上面的血，微微一笑，接过橙子轻轻地吮吸。

我和月女走在回校的路上她使劲地哭。

她说，你为什么要抱我，难道不怕我男朋友回来找你算账吗？

我说，我靠。谁稀罕你啊，以后你送给我抱我都不抱。

你卑鄙下流无耻虚荣，自己找不到女朋友叫别人冒充你的女朋友！

空旷的声音飘荡在校园。她跑得无影无踪。我吐了一地，忘记是怎样爬回宿舍的。

第二天晚上下课的时候我拉住了月女，狠狠地抱住她，她挣扎了一下然后趴在我的肩上呜咽。我说我想永远这样抱着你不放开，即使在你男朋友身边我也愿意和他单挑。

她突然哇哇地大哭起来。她说他早已经不要我了。你为什么不早一点抱紧我？

我知道了，女人一生下来就是要人抱的。

我捧着她的脸看着她的眼泪一颗一颗地流下，她哭的时候眼睛很像木木女的。她突然抓起我的手说，昨晚你的指甲裂在肉里了现在还疼吗？你是不是……

我狠狠地吻住了她没有让她说下去。

昊死的时候我才知道木木女的眼睛永远治不好了。昊除了给我一封信没有留下任何遗言。他的信里说，本来木木女的眼睛是可以治好的，那天晚上我迫不及待地和她做爱，她受不了刺激把没有定型的眼珠子转到一边再也转不回来了。其实木木女一直是喜欢你的。高三那年她一直在我身边说你的好。我受不了她。你一直没有跟我们联系直到后来我很贪婪地爱上她，我对她说，你已经和别的女孩子恋爱了，她就在我面前哭了一次。直到高考完我们才确定恋爱关系。那晚我看见你帮她剥橙子皮的时候弄破了指甲才知道她永远是你的。医生说不能做第三次手术了，眼珠子里面牵了很多的线。我走了，把木木女还给你。

二

我叫木木女。今年大二了。

昊终于要退伍啦。我整整等了他两年。他去当兵后我又复读了一年高三。后来考上了一所很有名的艺术学院。

我不喜欢说话，没有朋友。生活很孤立。我不是一个刚烈的女子，只想过安静平稳而单纯的生活。高三和大一都生活在昊的影子里，电话还有信。我只能喜欢他。我的生活窗子太小了。因为我的眼睛。我是天生的斗鸡眼。视力很差，连 4.0 都不到。就是说标准的视力表顶上那个大大的“E”我都看不见。没有任何眼镜适合我，并且我看什么都要吃力地斜斜着眼睛。所以我不上网，对着电脑我的眼睛就疼。基本上我是一个半瞎的残疾人。也不知道人们所说的帅不帅是什么概念。每个人都是很模糊的一张脸，很单纯的一个身子，但我相信人世间的善良和美丽，有人对我好我就会对他更好。

其实我不怎么喜欢昊，但是他对我很好很好，好到我几乎可以忘记霄了。记得有人骂我是瞎子的时候，昊就狠狠的一拳过去把他的眼睛打绿了。霄是我第一个接触的男孩子。他沉默，不喜欢笑。不仅不取笑我的眼睛还是第一个说我眼睛好看的人。我喜欢他用呆呆的样子迷人地看着我的眼睛。他细细地说你的眼睛到底是怎么回事了，我就觉得很温柔很温柔。我当时故意骗他说是刚出生的时候喜欢看很强烈的灯光。每天晚上不开灯就哭闹着不睡觉，甚至要把灯泡放在床头转着眼珠子使劲使劲地看才能睡着。很刺激的光线使我的眼睛在婴儿时就这样了。看他很相信的样子我觉得他笨得可以。哪有父母会这样带孩子的？也难怪我喜欢他这么久他一直都不知道。

霄除了有点笨就是一个很好的男孩子。他知道我喜欢橙子就不断地留着长长的指甲帮我剥橙子皮。他的数学很好，每次都考全班第一。他的字写得很大很漂亮，我习惯下了课把他的笔记拿过来抄。妈妈说写字小的人小气写字大的人大方。所以我想霄是大方的，我碰到什么难题都愿意请教他，如果他不在教室我也会打电话把他叫回来。他都成了我的专门顾问了。后来我越来越离不开他，喜欢他喜欢得不得了。

我转学那年霄的手机打不通了，本来想写信给他，可是昊说他有女朋友了。我趴在昊的身上哭了，他紧紧地抱住我。后来我慢慢地适应他了。

昊很大男人主义，不会照顾自己。冬天他的嘴唇很干燥也不用唇膏。唇上有干燥开裂的皮，他就一块一块地剥下来，直到出血。每次他吻我的时候我都感觉到他的嘴唇裂了。我和他接吻没什么感觉，只是轻轻地把自己唇上的唇膏均匀地涂到他的唇上就好了。很奇怪他吻我的时候总是那么激烈，动作夸张得像一只猛兽。然后就什么动作也没有了，安静地发呆，好像很对不起我的样子。有时候我搽的唇膏都被他舔干净了我又不得不偷偷地搽一次，然后再把自己的唇均匀地在他的唇上移动。

那一年我和昊都没有考上高校。后来他就决定去北方当兵。那晚我送给他一支唇膏。想想北方的天气那么冷，没有我吻他了希望他会自己搽唇膏。他抱了我很久很久才讷讷地说了一句，你知道吗？其实霄一直以来都很喜欢你的。

我心里一震，然后平静地说，我忘记他了。

其实我记得比谁都清楚。他好看的字体，用长长的指甲剥橙子皮的动作，呆呆地迷人地看着我的眼睛的样子，耐心地用几种方法教我解数学作业，还有手机里好听的迁就我的声音。

昊走了以后我一个人安静地复读。他一直写很好看的信给我。字体很大但没有霄的那么漂亮。

我第二次动手术的那天正好是昊的生日。他和几个高中的同学一起来看我。昊还是这么不了解我，居然买了一篮子苹果。霄也来了，原来我一直和霄在同一个城市读书。我想如果我是霄的女朋友他肯定会买橙子的，并且会一个一个地给我剥好。我让他看到我最丑的样子了吧。一只眼睛封着纱布，另一只眼睛也不敢看他。很奇怪我不怕昊看见我丑的样子倒是害怕霄看见。他只是简单地问问我。我用很幸福的样子回答他。我想在他面前永远是完美的，就连眼睛的病也是他喜欢的那种病态美。

晚上昊的生日 party 我看到了霄在大学的新女朋友。样子不怎么清楚，身材很好的，单薄得有点让人心疼，有很好听的声音。对我问长问短的很有亲和力。后来我们谈到霄。他变得愈发优秀了，会弹很好听的吉他，在网络上写非常优美的小说，可以把电脑拆成一个个零件再组装好。还是不爱说话，沉闷的时候一根接一根地抽烟。

有时候霄会走过来轻轻地抱她。我不知道是什么感觉，比抱我还来得激动。我悄悄低下头擦眼泪。昊很关心地问我怎么了，我说眼睛还有点疼。

后来霄可能喝醉了，动作有点失常。用很久的时间剥了一个橙子给我。我觉得幸福极了，好像又回到了高中时代，霄又可以给我剥橙子皮了。我吮吸着他的橙子，眼泪都在眶里打转了。

很晚了昊带我来到一家旅馆。我安静地躺在他身边。他轻轻地抚摩我的眼睛问我还疼吗?

我摇摇头。他也安静地躺下。

霄一直都在爱着你。他说。

没有。他有很好的女朋友了。

不，那是假的，我一看就知道了。你看到他为你剥橙子的样子吗?那种如痴如醉的表情，指甲都弄破了，渗出了鲜红的血。你的眼睛不好，都把他的血吃了。

天哪!

是啊是啊，月女不是跟我说他经常弹吉他吗?弹吉他怎么能留指甲呢?怪不得一个橙子他剥了那么久。

我的眼泪一直就这样流啊流……

后来我没有定型的眼珠子转到一边再也转不回来了。昊把我送回医院的时候，医生说不能做第三次手术了。眼珠子里面牵了很多的线。我只能斜斜地看人了，永远那么丑。

昊死了。我知道他是不想要我了，逃避我去了。霄更加也不会要我了。我狠心到吃他的血，他爱了我那么久我也一直都不懂，并且还笨笨地去埋怨他。可是我为什么还活着？我并不是害怕死亡。我也不相信奇迹。但是我活着，依然活着。眼睛和心都会微微地疼。会疼就好了，我想。因为霄说过，疼痛总比麻木好得多了。

三

我叫昊。今年刚刚退伍。

做学生的时候我是一个烂崽，当兵的时候我是一个痞兵。

当霄告诉我他喜欢木木女的时候，我早就已经爱上了她。可是我是一个烂崽，霄也是。我们都没有资格照顾她。可是她为什么和霄那么好？充其量他的数学成绩全班第一。我也是一个好强的人。霄往往对木木女的话唯命是听，而对我们这帮兄弟如同虚色置之不理，这让我非常愤怒。

高二的最后几天我在一次群挑中为了救霄砸破了一个家伙的头被学校开除。没想到木木女在高三的时候和我转入了同一所学校。我决定好好做一回人了。好好学习好好照顾木木女好好恋一次爱。可是木木女对我的态度总是不冷不热的那种，每次我吻她的时候她总是斜斜着眼睛看着别的地方发呆。我怎么吻她都不来激情。她的吻温柔得你几乎察觉不到，只是微微地在你的嘴唇上移动。所以我只好找别的女孩子做爱。除了吻她，我再也不忍心对她有别的动作。我知道她一直喜欢霄。有时候我觉得很内疚很内疚。因为我一直没有告诉木木女霄也喜欢她。他们说爱情是很自私的。所以应该不是我自私。然后想想又心安理得了。

一直到高考完霄才和我电话联系。我告诉他说我和木木女恋爱的时候，我从他的沉默和挂断电话的声音里听到了他心疼的声音。我同时也想告诉他我一定会照顾好木木女的。要让木木女慢慢地适应我。

我还是没有考上大学。因为我又和一些不三不四的家伙混到了一起。不像以前那么嚣张了，即使有看不顺眼的东西也能够忍一忍，只是经常找几个女人做一些我和木木女不能做的事情。为了让自己不至于在社会上堕落我决定去当两年兵全面锻炼自己。不说做一个对社会有用的人。最起码可以让自己爱的人生活得很好很好。

很奇怪我在去兵营的前一个晚上突然告诉木木女说霄一直都很喜欢她。说完之后我觉得松了一口气。我要离开两年，如果他们相见的话，希望他们有一个机会相爱。可是木木女却很平静地说她忘记了霄，这让我感到无比的欣慰。她还送给我一只有她嘴唇味道的唇膏。也许她想让我永远记得她的味道，不要像她忘记霄一样忘记她吧。于是我在军营里不断地写信给她。希望回去的时候能找一份好一点的工作永远陪着她。

办好了所有退伍手续的时候我才知道自己患上了艾滋病。我真正完了。这是老天给我的报应。我决定把木木女还给霄，永远永远，就在我二十二岁生日那晚。

我知道月女不是他的女朋友。否则她怎么可以忍受他为木木女剥橙子时从指甲里渗出的血？并且他们拥抱的动作是那么别扭而生硬。也许他只是想要我和木木女安静地在一起罢了。有这样的兄弟我也算没有白活了。想到这些我本来可以安心地把木木女交给他。可是我向木木女表明一切的时候，她感动得一塌糊涂，使劲地把没有定型的眼珠子哭歪了再也转不回来。我开始担心霄以后会嫌弃木木女了。于是我自杀之前编制了一个谎言给霄，说木木女的眼睛是和我做爱的时候受不了刺激才转歪的。如果这样霄依然可以接受木木女的话，我就可以为他们的爱情含笑九泉了。如果不行那就是随他们去吧。

我死的时候伤口不痛，只有心隐隐地疼，眼泪和血流了一地。

四

我叫月女。计算机专业。大三。二十岁。

同班的霄是我很欣赏的类型。长长的头发,清瘦。优秀得一塌糊涂。就是喜欢吃很辣很辣的螺丝粉和一根接一根地抽烟。不喝酒，所以一直很理智。理智到让我有点恨他。因为我和他的关系太过于单纯了而让我有些遗憾。

喜欢他也不是我所愿意的。因为他有自己很喜欢的女孩。每每他弹起忧伤而优美的吉他，我就知道他的世界里只有她了。他问我为什么不找男朋友时，我骗他说我有男朋友在很远的城市念大学。他哦了一声就没了下文。

我有时候想向他表明我的心思又难于启齿。每一次他要打开我编写的程序我都把密码设为“I love you”。可是他呆头呆脑的一点都不解风情。他喜欢把同一个女孩子的相片设为电脑桌面背景。我问他是谁他只说你不认识的韩国的一个不出名的演员。那个女孩子的确有点像韩国人，眼睛大得好夸张，温文尔雅的样子，很好看的蛋型脸。每每我用他的电脑时都会把它改成油画。还故意嘲笑他说用美女做桌面背景太俗气了。他并不理会我,很快又把那个女孩子的相片改了回来。

他的高数好得出奇，可以轻而易举地指出老师的错误。很多人喜欢他在论坛里发表的无意识的忧郁的凄美伤痛的文字。他从来不告诉别人他的真名。他和我去吃螺丝粉的时候，老板问加不加辣。他说，有多辣加多辣。结果吃得眼泪一把鼻涕一把的，即使第二天早上拉肚子第三天同样会说有多辣加多辣。我不得不怀疑他有点自虐的倾向。可是他愈发这样我就愈发心疼他。

那晚他突然说借我做一个晚上的女朋友。我兴奋得一下子说不出话来。后来就越想越纳闷了，为什么是借？为什么只是一个晚上而已？我就不情愿地问为什么呀？他说好朋友过生日开聚会大家都有女朋友只有我没有就太难为情了。

当时我很奇怪啊，霄怎么会是这样的人呢？也许这只是他的一个借口让我们正式走到一起吧。

我和霄赶到那间包厢的时候差点没有当场晕倒。原来他电脑桌面背景上的那个女孩子并不是什么韩国演员来着，明摆着就是眼前这个女孩子的相片。

她叫木木女。是昊的女朋友。昊身着迷彩服，一个大男人的架势，看起来并不是很关爱木木女。我当时并没有恨霄，只是为他的痴情有点不值。

霄抱我的样子很不自然。哪有这样抱女朋友的？只轻轻地搂了一下我的头。搞得我极度郁闷，手脚不知道往哪里搁拉。只好胡乱地环了一下他的腰。我知道他要掩饰什么。记得他曾经和我说过昊救过他的命。难道因为这样他把自己的木木女让给了他？可怜的孩子。瞧他帮木木女剥橙子的时候一直把指甲都弄破了渗出鲜红的血。我不理他。我知道他是一个流血不流泪的固执的家伙。

可是木木女居然连他的血一起吃了。难道所有的人都醉了？我恨，我恨所有的人！

回去的路上我使劲地哭。

我说，你为什么要抱我，难道不怕我男朋友回来找你算账吗？

他冷冷地说，谁稀罕你啊，以后你送给我抱我都不抱。

你卑鄙下流无耻虚荣，自己找不到女朋友叫别人冒充你的女朋友！

我一边跑一边流着满脸的泪。

回到宿舍我想了整整一个晚上。我一定要把霄救回来。我不让他生活在那些人的阴影里。我要用我的全部给他一种全新的生活。因为我爱他。

第二天晚上下课的时候我主动走到他面前，他突然拉住了我，然后狠狠地抱住我，我习惯性地挣扎了一下然后轻轻地趴在他肩上呜咽。他说我想永远这样抱着你不放开。即使在你男朋友身边我也愿意和他单挑。

我突然哇哇地大哭起来。我说他早已经不要我了。你为什么不早一点抱紧我？

他呆一呆。然后捧着我的脸用很迷人的眼睛看着我的眼泪一颗一颗地流下，我突然抓起他的手说，昨晚你的指甲裂到肉里了现在还疼吗？你是不是……

他狠狠地吻住了我。

昊死的时候我和霄一起去艺术学院找木木女。她用斜斜的眼光巴眨巴眨地看着我们，很美很美。然后霄轻轻地抱住了她。三个人的眼泪齐刷刷流下……

马中才，一个看起来很谦和很朴实的名字。1980年12月出生。获第七届新概念作文大赛一等奖。《萌芽》“80后”旗手之一。